生活向上委員会！ ③

女子vs.男子　教室ウォーズ

伊藤クミコ／作　桜倉メグ／絵

講談社 青い鳥文庫

おもな
登場人物
鯖谷 貴美
クールビューティーな外見の大人系女子。となりの席の男子のうるささに真剣になやんでいる。6年2組。
嶋村
なやみ相談がきっかけで生活向上委員に。6年1組の不良っぽい男子。
結城 美琴
名前だけ貸す、という形で引き受けたはずの生活向上委員だったが、転校生・猪上琉偉に引っ張られて、本格的に活動している。6年3組。

富田
鯖谷をなやます、となりの席の男子。お調子者で授業中でも、いつでもふざけてさわいでいる。6年2組。
久留米 亜里沙
猪上にひかれて生活向上委員になる。元々は美琴が「ぼっち」になるきっかけを作ったクラスの女王さま。
猪上 琉偉
6年5組にやってきた転校生。通称「ルイルイ」。美琴には「カエル顔」にしかみえないが、自分では「超・イケメン」だと思っている。発言はときどき「超・イケメン」だったりする。

これまでのお話
6年3組の美琴は、
クラスの女王さま・
亜里沙ににらまれ、
1年前から
「ぼっち」だったが、
ぼっち生活を
「前向きに堂々と」送っていた。
亜里沙
そんなある日、5組に来た
転校生・猪上琉偉の出現により、
担任の景子先生にたのまれて、
名前だけ貸す、
という形で引き受けたはずの
「生活向上委員」の
仕事を始めることになる。

最初の相談者は猪上が連れてきた、1組の不良・嶋村。
嶋村は好きな子（木南エミ）が自分のせいで
不登校になっているのでは、となやんでいた。そして、
次の相談者は、美琴の「ぼっち」の原因を作った
亜里沙だった！　亜里沙のなやみは完全には解決しなかったが、
相談がきっかけで、猪上＝ルイイの魅力に目覚めた亜里沙は、
猪上を追いかけて「生活向上委員」になる。
同時に、嶋村も入ったので、
正式な委員会として活動するために
必要な人数である4人がそろった！

本格始動した生活向上委員会には、
野球チームのエースに憧れる、
2組の宇野花音などが相談におとずれる。
個性的なメンバーぞろいの委員たちの前に
次にあらわれるのはどんな相談者か!?

もくじ

01 となりの席ウォーズ

「このままじゃ、全面戦争になってしまいそうな気がするんだ。」

相談者の鯖谷貴美さんが、ぶっそうな発言で相談をしめくくる。

長めのショートカットに、きりりとした切れ長の目。アイロンのきいたシャツにパンツスタイルの鯖谷さんは、一見、男子っぽく見える六年二組の女の子だ。

鯖谷さんは、児童指導室にあらわれたときから怒っていた。

口をへの字にして、肩をいからせて、全身から、怒りのオーラをたちのぼらせて。

「いきなりだが聞いてほしい。もう、うちのクラスの男子たちには、がまんの限界なんだ！」

そう言いながら、長机をパーンとたたいた。

「うちのクラスの男子は、とにかくうるさいやつが多い。信じられないくらい、うるさいんだ。それというのも、となりの席の富田というやつが、ところかまわずさわぎまくり、男子たちをあおるせいだ。富田のやつときたら、授業中もずっとふざけているし、どうでもいいことを話しかけてくるし、下ネタの笑えないギャグを言ってきたりもする。注意しても、まったく聞きやしない。」

おかげで授業に集中できなくて、成績も下がってしまった。と、鯖谷さんはいまいましそうにつぶやく。

「それに、休み時間もほかの男子とバカさわぎしているし！　そうじもマジメにやらないし！　それにだ！　いちばんいやなのが、富田のやつが、給食中にわたしが牛乳を口にふくんだタイミングをみはからって笑わせようとしてくることだ！　あいつのせいで牛乳をふきだして、好物のおかずをだめにしたことは、一度や二度じゃない。ほんとうにやめてほしいのに、わたしがいくら言っても、向こうは笑っているだけなんだ！」

「うわぁ……それは、最悪だね。」

わたしは、心底鯖谷さんに同情した。

そんな迷惑なお調子者がとなりの席というのは、ほとんど災厄みたいなものだ。かかわりたくないのに、どうにも逃げられない距離……。

「よくなぐりとばさずにすんでいると思うよ。大変だね。」

「わかってくれるか！　ありがとう！　ええと……。」

鯖谷さんがパイプいすから腰をうかせてわたしに握手をもとめてきたけど、名前がわからなかったみたいで口ごもる。

あ、そうだよね。そういえば、わたしはまだ自己紹介もしてなかったもんね。

「わたし、結城美琴っていうんだ。クラスはとなりの六年三組。よろしく。」

わたしも立ちあがり、鯖谷さんの手を取った。鯖谷さんはにっこり笑う。

「結城さんだね。よろしく。」

そのときわたしは、直感的に思った。

あ、わたし、この人とたぶん気が合う。

もっともわたしの直感なんて、あてになるかわからないけどね。

Little Star

なんといっても、わたしはつい最近までクラス中の男子女子、すべてと対立してきた、「ぼっち」だ。委員会活動を始めてからは、かかわった人たちとしゃべることも増えてきたけど……。クラスでは、いまだに「はれものあつかい」。委員会がいっしょの久留米さん以外の人とは、ほとんど会話もない。

ま、そんなことはどうでもいいか。今は鯖谷さんの相談にのらないとね。

「さっそくなんだけど、とりあえず担任の先生に席替えをたのんでみるっていうのはどう？　そいつをひとりだけ教室のはじっこにでもうつしてもらえば、だいぶマシになるんじゃない？」

わたしが提案すると、鯖谷さんはうなずいた。

「席替えは、じつは先生にお願いしてみたことがあるんだ。わたし以外の女子があいつのとなりになるのもかわいそうだし、できたら男子は男子、女子は女子と組めるようにしてもらえないかと。だが、先生は『そうか～。そうか～。』とうなずきながら、ふがふが言うばかりで、ちっとも真剣に取り合ってくれないんだ。」

鯖谷さんは、ものまねをまじえて答えてくれる。

ちなみに二組の担任は定年まぎわのおじいちゃん先生で（腰が曲がっていて、じっさいは定年をゆうに超えた感じに見えるんだけどね。）鯖谷さんの言ったように、よく入れ歯をふがふがさせているのだ。

「あー……あの先生じゃ、注意とかもしてくれなそうだよね。うちのクラスの景子先生と、どっちがたよりないか迷うくらい、いい勝負だよね。」

そう、うちのクラスの担任も、お世辞にもたよりがいがあるとはいえない先生だ。よく教頭先生に泣かされたり、保護者会で親たちに泣かされたりしているし。でも、たよりないながらも教え子のことは思ってくれている人なので、わたしは先生が嫌いじゃないけどね。

鯖谷さんは苦笑した。

「六年生の担任では、二組と三組が『二大たよりない』と言われているものな。」

「たよりなくていいじゃねーか。うちの担任とかよー、マジでうっせーぞ。おれも二組か三組だったらよかったと思うぜ。」

そこに、パイプいすのまえをうかせてギイギイさせていた嶋村くんが、口をはさんできた。

「学年主任だかなんだかしんねーけど、えらっそうでよ！　態度が悪いだの、プリントはきちんと出せだの、いつもおれを目の敵にしてきやがる。」

嶋村くんは、ケッとはきすてるように言ったけど、それはしかたがないと思う。

なぜなら、この嶋村くん（ちなみに、フルネームは嶋村……って、あれ？　そういえば、嶋村くんの下の名前ってなんなんだろう。ま、いっか。）見た目が完全に不良少年だ。

つんつんと立たせた髪に、パンクっぽい服装。いつもポケットに手をつっこんで、あたりに無意味にガンを飛ばしている。まあ、先生に好かれるタイプではないよね。

だけど、一組じゃなくてもいい、っていうのは、うそでしょ。

「へー、それだと、木南さんとちがうクラスになっちゃうけど、いいの？」

わたしが意地悪くたずねると、嶋村くんはかすかに赤くなった。

「よ、よくねえな！　木南とちがうクラスになったら、今より全然しゃべれなくなっちまう！　今だって、そんなにたくさんはしゃべれてねーのにっ。」

「え？　あんまりしゃべれてないの？　やっぱ木南さん、嶋村くんのことがこわいのかな。元自分をいじめてたいじめっ子だもんね。」

「そ、それは言わないでくれよ、結城ぃ……。」

嶋村くんは、いつものギラギラした狂犬っぷりはどこへやら、雨にぬれたチワワのようになってしまった。そう、嶋村くんは同じクラスの木南さんのことが好きなのに、かなりひどいいじめをしていたっていう、ハイパーダメ男子なのだ。

「でも、席替えがだめとなると……うーん。どうすればいいかね。」

わたしがうなっていると、となりから「そーんなの、簡単じゃぁん。」と、のんきな声があがった。

「その男子に、かわい～くお願いすればいいんだよぉ。『うるさくしないでね♡』って。」

そう言って、うふっと笑ったのは、わが校きっての美少女、久留米亜里沙だ。

さっきちらっと言ったけど、彼女がわたしと同じクラスの委員。いつもやたらかわいい服を着ている。

ただし、外見のかわいさにだまされて近づくと、痛い目を見るから要注意。

久留米さんは、外見至上主義の女王さまなのだ。（※ただし、一部に例外もあるけど。）

「なんなら、亜里沙がぁ、うちのかわいいお洋服貸してあげてもいいよ？」

「え……かわいい洋服を着て、かわいくお願い？　そういうのは、ちょっと……。」

鯖谷さんは、ほおを引きつらせた。

「だよね。鯖谷さんは、そういうキャラじゃないよね。そのはっきりすっきりな、気持ちのいい話しかたを聞いていればわかるよ。」

わたしがそういうと、鯖谷さんは少し照れたように笑った。

「ありがとう。この話しかたは、父親の影響なんだ。なるべく簡潔に、論理的に話すようにと教えこまれているうちに、いつのまにかこんな話しかたになっていた。」

「へー、いいんじゃない？　わたしはすてきだと思うな。」

鯖谷さんのお父さんは、きっと立派なお父さんなんだな、と感心しながら、わたしは久留米さんに注意をする。

「久留米さんも少しは見習ったら？　それに、外見を武器にして物事を解決するってのはどうかと思うよ。久留米さんの悪いくせだよ。」

「えー？　見た目を武器にして、なにがいけないのぉ？」

久留米さんはほおをぷくっとふくらませた。

「だれかに迷惑かけるわけでもないしぃ、それで解決するんだから、いいじゃぁん。ねっ、ルイルイ？」

そう言いながら、久留米さんは長机の向かい側にすわっている相手に、ふざけた呼び名で声をかける。

「ふっ……。そうだねアリリン。おれもふだん、それを無自覚につかっているから、否定しにくいな。生まれながらにして美の神に愛されている、愛と美の申し子の、つらいところだね！」

このふざけた呼び名にこたえたふざけた男は、猪上琉偉。

自分のことを、美しい人間だとかんちがいをしている、あわれなカエルだ。

このカエルは、この春、六年五組に転入してきた。いつも奇抜な服を着ていて、顔のつくりも悪いけれど、性格はそれほど悪いやつではない。ちょっと……いや、かなりナルシストで、気持ちが悪いけど……そこをがまんできれば、の話ね。

「きゃーん。ルイルイならわかってくれると思ってたぁ♡　やっぱり、亜里沙とルイルイはベストカップルだね♡」

「ははは……アリリン、このよくばりさん☆　発言には気をつけないと、おれとカップルになりたい女子たちのジェラシーをかってしまうよ！　……気をつけてッ！」

「うふっ♡　そんな女子がいたら〜、亜里沙が全力でプチッとつぶしちゃうから〜。」

なにそれ、こっわ……。

このふたりの会話は、あらゆる意味で謎すぎる。

どうしてこの超絶美少女がよりにもよってこのカエルにほれているのか？　そしてそれをカエルが堂々とふっているのか？　そしてそして、こんなあつかいをされてもあきらめない美少女の精神状態はいったいどうなっているのか？

この学校の、新七不思議に加えてほしい。

——さて、ここでちょうど全員がそろったので、あらためて紹介しましょうか。

わたし、嶋村くん、久留米さん、そして猪上の四人が、この学校内のなやめる児童たちの相談を受ける委員会、その名も「生活向上委員会」のメンバーだ。

もともとは、わたしのクラスの担任、景子先生が教頭先生に無茶ブリされて、しかたなく作った形だけの委員会だった。

はじめはね、相談者なんて来るわけないと思ったよ。

だけど、意外にもなんだかんだと相談者はあらわれ、最近ではけっこう忙しく委員会活動をしている。今日も、こうして鯖谷さんが相談に来てくれているしね。

「はいはい。ふたりともコントはあとにしてね。今は鯖谷さんの相談中だから。」

わたしは手をパンパンとうちならし、猪上と久留米さんのうすら寒い会話を終わらせた。

「つかれさせてごめんね、鯖谷さん。うちの委員、なぐりたくなる人ばっかりで。」

はじめての人にはいろんな意味でつらかろうと、わたしは鯖谷さんにあやまった。すると鯖谷さんは苦笑する。

「ああ、いや、富田の相手をするのにくらべれば……。でも、結城さんも、どうやら苦労しているみたいだね。」

「まあね。でも、もうだいぶなれてきたよ。スルースキルの腕もあがってるしね。」

「スルースキルか……。それは、わたしも見習いたいスキルだな……。」

「いや、わたしもさすがにこの人たちがとなりの席だったら、ずっとスルーはできないよ。委員会の間だけだからがまんできるって感じだよ。鯖谷さんは、がんばってると思う。」

「結城さん……。」

わたしたちは、目と目で語り合った。同志よ！

なんか気が合いそうと思ったのは、きっと境遇が似ているからだったんだね。変人にふりまわされるのって、常識人にはつらいよね！

すると横から、嶋村くんがつっこんできた。

「おい。んなこと言ってるテメーらも本題からずれてっぞ。話をもどせよ。」

「はっ、そうだった！」

「でも、いったい、どうしたらいいだろうか……。このままでは明日にでも、がまんの限界が来てしまいそうだ。」

鯖谷さんが苦悩にみちた表情でいう。

「そんならよ。」

すると嶋村くんが、いい案がある！　とばかりの表情で、身を乗りだしてきた。

「タイマンはって、一度そいつをボッコボコにするってのはどうだ？」

かと思えば、それはとんでもない案だった。

「暴力はダメ！　絶対！　自分の要求が通らないからって、力にものを言わせるだなんて……！　嶋村くんはねぇっ、それ、久留米さん以上に悪いくせだから！」

「だってよー、言ってもわかんねーならしょうがねぇだろ。」

「しょうがなくないわっ。ダメダメ！　ほかの方法を考えるよ！」

わたしがこぶしでコンコンコンッと机をたたくと、猪上が、ふうっとため息をついた。

「うーん、しかし、悲しいね。本来、力をあわせていくべき、となりの席の男子と女子の対立……か。しかも、この問題は、今や二組全体のものとなっているんだね？」

「そうなんだ。クラスの女子たちは、日増しにエスカレートしていく男子たちを、嫌いはじめている。このままでは、わたしだけでなく他の女子たちの怒りも頂点に達するのは時間の問題だ。男子のほうは、そこまで深刻にはとらえていないだろうが……。」

鯖谷さんが答えると、猪上はひたいに手をあてて、ぶんぶんと激しく頭をふった。

「ああっ！　なんてあわれでおろかな二組の男子たち！　そして富田くん！　かれらは気づいていないんだ！　女子が文句を言ったり、悲鳴をあげていやがったりしているのを、『ウケている』と思っているんだろうからね！」

「えっ、そうなの!?」

わたしがおどろくと、猪上はこくこくうなずいた。

「そうなんだ。お調子者の男子にはありがちな習性さ……。女子をからかう、スカートをめくるなどの愚行をおかし、本気で女子にいやがられていても、気づかないことがある。男子界では、そういう『怒られるようなことをしてでも笑いをとる』ことが、評価される傾向にあるからなんだ。『危険をおかせるやつほど、すごい』みたいなね。そして、男子たちの多くが、女子も内心それを評価してくれていると思っているんだ。」

なにそのバカな思考。

わたしがあきれかえっていると、鯖谷さんもとなりで頭をかかえていた。

「あー……たしかに、そういう感じがしないでもない。だから、わたしがいくら注意をしても、怒っても、富田はなんとなくほこらしげで、うれしそうなのか……。」

「え、富田くん、怒られてもうれしそうなんだ……。」

それはほんとうにつかれるだろうな、と、わたしは同情した。

こちらが本気で怒っているのに、相手がそれを察知してくれないときほど、つかれることはない。

「反応されるのがうれしいんだろうね。だから、いちばん効果的なのは、無視をすることだと思うよ。」

猪上が片目をつぶろうとして両目をつぶるウインク「もどき」をすると、鯖谷さんはため息をついた。

「それはむずかしいな……。あいつは、わたしが無視をしようとすると、やっきになっていつもよりうるさくなるんだ。だんだんエスカレートしていって、こっちが反応せざるを得ないようなことをしてくる。」

「うーわ、ほんとうに最悪だね。」

「ちょっと待って、富田くんの行為は、無視をするとエスカレートするのかい？」

「ああ、二の腕をペンでえんえんつついてきたり、わき腹をさわってきたり。」

「万死に値するね。」

なんか、さっきの嶋村くんのボッコボコ案でもいいような気がしてきた。

「ふーむ……。エスカレートすると、体をさわるなどの方向にシフト……。なるほど……。これは、もしかすると。」

猪上はこぶしを口元にあてて考えこんでから、どこぞの名探偵のように言いはなった。

「わかったよ！　この事件の真実らしきものが！」

「なによ、その真実って。もったいぶったポーズはいらないから、さっさと答えてよ。」

「ははっ。美琴はせっかちさんだな！　そんなにあせらなくとも、ルイルイはいつだってきみの疑問に、華麗にすてきに答……はがっ。」

しまった。あまりにイライラして思わず猪上の頭にチョップしてしまった！

「なんだよ結城。おまえも暴力してんじゃねーか。」

嶋村くんがすかさずつっこみを入れてくる。

「うぐっ。」

「いいんだ嶋村くん……。美琴のこれは、愛情表現なんだよ。たとえるなら、飼育員にじゃれつき甘える肉食獣みたいなものだね……。」

「ふーん。たまに肉食獣にかまれた飼育員のニュースとか聞くけどな。おまえがいいならいいか。結城、やさしい飼育員でよかったな。」

「ううう……！」

くそっ、くやしい！　言い返せないけど言い返したい！

わたしが歯ぎしりしていると、鯖谷さんがすまなそうに手をあげた。

「もりあがっているところすまないが、聞いてもいいだろうか。事件の真実というのはいったい……。」

「ああ！　すまないねセニョリータ！　この問題は、じつはとてもシンプルだ。ずばり……富田くんはね。」

そこで、猪上は一度言葉を切り、あごの下に指で作ったピストルをそえる。

「鯖谷さん、きみのことが好き、なんだよ……！」

「えっ……。」

「ははは、おどろいたかい？　無理もないね。この男子特有の悪癖は、女子にはなかなか理解できないものかもしれない。」

「いや、ちょっと待ってくれ。それはさすがにないと思うが！」

鯖谷さんは顔を引きつらせて、首をふった。

「あいつが……わたしを、好き？　そんなばかなこと、あるはずがない。だって、あんなに毎日毎日、わたしのいやがることばかり……。」

それを聞いて、嶋村くんがガタタッと音をたてて立ちあがる。

「そ、そうか！　言われてみればそのとおりだ。毎日そこまでのいやがらせをしているってことは、それだけ好きってことだよな！」

「ええ!?」

「ああ、なるほど。嶋村くんのケースといっしょなのか。」

鯖谷さんはピンとこなかったみたいだけど、わたしはそれで納得してしまった。

小学生男子には、どうも好きな子をいじめてしまうという、アホな習性を持ったものがいるらしいのだ。そんなバカな……いくらなんでも限度があるだろう、と思うけれど、ところがどっこい。嶋村くんは、木南さんにたいして、かなりひどいいじめを行っていた。

「富田くんって子も、なんか、ちょっと子どもっぽい感じするもんね。嶋村くんのケースとはちょっとちがうかもしれないけど、好きな人には、ついちょっかいかけちゃうみたいな感じなのかもしれないね。」

わたしがうなずきながら言うと、鯖谷さんの瞳がとまどうようにゆれた。

「そんな……、で、でも、あいつは、わたし以外の女子にも、迷惑をかけているし。」

「でも、いちばん被害を受けているのは鯖谷さんなんでしょ？」

「それは、まあ……そうだ。あいつは、ほかにも班員はいるのに、牛乳をふかせようとしむけてくるのは、わたしにたいしてだけだし……。」

「あ、やっぱりね。」

「まちがいねーな。」

「ふぅん。富田くんってそうなんだぁ。」

わたし、嶋村くん、久留米さんがそろってうなずくと、猪上がばっと両手を広げてから、自分の体に巻きつけた。

「ああ……ッ！　不器用にしか愛を表現できないあわれな富田くんに、慈悲の手を！　きみがしていることは恋愛においてまったく逆効果なのだと教えてあげなくては！　そうすれば、彼がきみにいやがらせをすることは、今後一切なくなるだろうっ。」

「富田が……わたしを……いやがらせは、今後一切なくなる……。」

「そうだね。それがいいかも。じゃあ、さっそく明日にでも、富田くんを委員会に呼びだして注意をしようか。」

「ちょ、ちょっと待ってくれ！」

わたしの提案を、鯖谷さんが必死な感じでさえぎってきた。

「それは……その、そこまでは、しなくていいかもしれない……。」

「え、どうして？　早く解決しないと、鯖谷さんが大変じゃん。」

「いや、解決しなくてもいい、ような気がしてきた、というか。」

鯖谷さんは、そう言いながら、きゅうにもじもじと両手の指先をつつき合わせている。

って、解決しなくていいの⁉

「でも、さっきまであんなに怒ってたのに！」

「うん……。そ、そうだ、な。たしかに。でも、ほら、なんというか。そんなことを結城さんたちに注意されてしまったら、富田が傷つくかもしれないし……。」

なに言ってんだろう、鯖谷さん。

わたしはポカーンとしてしまった。だって、そうでしょ？　つい今の今まで、さんざん、富田くんへの怒りをうったえていたのは鯖谷さんなのに。

しかも、なんだろう、この違和感。富田さんの印象は、サバサバした感じの女の子だった。それなのに、今の、この恋する少女みたいなはじらいの表情は……まさか……。

「鯖谷さん、もしかしてだけど、富田くんのこと好きになったとか言わないよね……？」

わたしが念のためにとつっこんでみると、鯖谷さんは耳までまっ赤になってしまった。

02

にくしみが恋に変わる瞬間

とんでもなく、めずらしい瞬間を見てしまった……。

わたしは、まっ赤な顔ではじらう鯖谷さんを、穴があくほどにながめていた。

人は、こんなにもあっさりと、簡単に、恋に落ちてしまうことがあるものなのか。

わたしの視線を居心地悪く感じたのか、まるで言い訳するみたいに鯖谷さんが話しだす。

「いや、べ、べつにわたしは、富田がわたしを好き……かもしれないからって、富田のことがきゅうに気になりはじめたとか、そういうわけじゃないんだ！　ただ、なんというか、その……わたしはこのとおり、そんなに女の子らしくもないし、かわいくもないし……。だから、その、だれかに女の子として好きだとか、そういうふうに見てもらっていたことが、おどろきなだけでっ……。」

「あー……。」

女の子として意識されていると思ったら、男の子として意識してしまったってこと？

「それを考えると、富田にされてきたことは、いやだったんだが、そんなにいやってこともないのかな、とかな。そんな、がまんできないほどのことでもなかったかな、とか。」

「なるほどね。」

好きになった人からされるいやがらせなら、それほどいやでもないということね。

はあ～……。現実はなにも変わってないのにねぇ。でも、本人がいいというのなら、わたしたちにはそれをとめる必要がない。

困っていない人のことは、助ける必要がないからね。

わたしはなまあたたかい表情になってしまうのを感じながらも、鯖谷さんにたずねた。

「じゃあ、相談のことはどうするの？　戦争寸前だっていう、二組の問題のことは……。」

「ええと……それは、とりあえず取りさげさせてもらっていいだろうか。女子のなかでいちばん腹をたてていて、先頭に立って男子と戦っていたのはわたしだから、わたしががまんできるようなら、状況は変わる……かもしれない。」

「そうだね、わかった。じゃあ、そういうことで。」

うなずきながらわたしは思った。

相談者が来てから解決までたったの数十分。この委員会始まって以来の最速解決だね！

＊＊＊

「とか思ったものの……。」

翌日、放課後。

指導室の長机にひじをついて、わたしは小さくため息をついた。

鯖谷さんが、ふわふわした足取りで帰っていってからというもの、わたしは心のすみっこに、どうにも納得いかない思いをかかえていた。

「ほんとうに鯖谷さんは、だいじょうぶなのかなぁ。結局、なにも解決してない気がするんだよね。」

あれから、どうも、そのことばかりを考えてしまう。

だって、鯖谷さんがいくら富田くんを好きになったとしてもだよ？　状況は根本的には変わってないのではないだろうか。授業に集中できないことにかわりはないだろうし、給食の時間はあいかわらず牛乳地獄との戦いが待っているだろう。わたしだったら、そんなの絶対いやだけどな……。

わたしが首をかしげていると、窓ぎわの棚の上にねそべっていた嶋村くんが、ふいに身を起こし、「バカだな結城、いいに決まってんだろ！」とさけんだ。

「好きなやつと両想いになれるなら、そんぐらい全然がまんできるだろうが！　つーか、富田のやつ、うらやましすぎじゃねーか!?　好きだってわかっただけで、相手にも好きになってもらえるなんてよぉ！」

そして、両手でわしゃわしゃと頭をかきむしりだす。

ああ、嶋村くんにしてみたら、そうかもね……。

なんとなくかわいそうな気分になったので、わたしはアシストを提案してみた。

「じゃあさ、わたしが木南さんに伝えてあげようか？　嶋村くんが、木南さんのこと好きみたいだよって。」

「えっ、マジかよ結城！」

嶋村くんはパッと顔をかがやかせて、でもすぐにけわしい顔つきになる。

「……って、でも待てよ。それって、木南におれの気持ちがバレるってことだよな……。」

「あたりまえじゃん。そのうえで、意識してもらうって作戦なんだから。」

「い、いやいや、それはダメだ。それは危険すぎる！　もしも木南がおれの気持ちを知って、それでさけられたりしたらっ……。おれは、もう死ぬしかねえ！」

もう、大げさだなぁ。

わたしはあきれてため息をつく。

「あのねえ、そこをこわがってたら、いつまでたっても気がついてもらえないよ。もしかしたら、木南さんも鯖谷さんみたいに好きになってくれるかもしれないじゃん。」

「そ、そう、か……？　結城はそう思うのかよ。」

「思うよ。だって、じっさいに昨日、鯖谷さんがそうなるところを見たからね。」

「ちょっとぉ、美琴ぉ〜。それはさすがに楽観的すぎだと思うよぉ。」

そこで、久留米さんがわたしたちの会話に入ってきた。いいにおいのするハンドクリームを、手の甲にすりこみながらだ。

「だって亜里沙はぁ、亜里沙のこと好きって言ってる男子をいっぱい知ってるけどぉ、だからって好きになったりしないもーん。」

「な、なんでだよ久留米！　そんなかわいそうなこと言うなよ好きになってやれよ！」

「えー、無理ぃ。亜里沙の心は、すでにルイのものだしぃ。」

久留米さんはバカにしきったように言ったけど、これって自分にもはねかえることだよ

ね。猪上はこれだけ久留米さんから好きアピールされているのに、まったくなびく様子がないんだしさ。

ちなみに猪上は「ははは っ☆　サンキューアリリン！　おれにささげられた心はすべてありがたく受けとるよ！　心を受けとると書いて愛！　そう、おれは受けとった心の数だけ愛にみちた存在なんだっ。」とか、髪をなでつけながら言っている。とてもキモイ。

「まあ、嶋村くんと木南さんのことはともかくとしてさ、わたしとしては鯖谷さんのその後がちょっと気になるって話だよ。」

猪上と久留米さんの会話についてはスルーしながらわたしが言うと、猪上は気にした様子もなく首をすくめた。

「たしかに、気にはなるね。鯖谷さんが恋したことにより、あのふたりの関係がどう変化したのか。そして、それはきっと、二組のほかの人間にも少なくない影響をあたえているはずだよ。もしかすると、男子対女子の構図が、変わっているかもしれない。」

「それはどうかわかんないけど……。でも、気になるよね。さすがに授業中は無理だけど、休み時間とかに二組に様子を見にいってみない？」

「そうだね。じゃあ、さっそく明日、一時間目の後の休み時間にでも行ってみようか！」

そう言いながら、猪上がぱちんと指をならしたときだった。

カラ……と、小さな音をたてて、指導室のとびらが細く開く。

「おっと。また新たな相談者かな？」

「そうかな。でも入ってこないね……あの〜、相談ですか〜？　よかったらなかにどうぞ……って、鯖谷さん!?」

細く開いたすきまを広げてみると、そこにいたのは、なんと鯖谷さんだった。

鯖谷さんはうつむき、きゅっとくちびるを引きむすんでいる。

「びっくりした〜。でも来てくれてよかったかも。今ね、ちょうどみんなで鯖谷さんの話をし……。」

ていたところで、と、続けようとして、わたしは息をのんだ。

鯖谷さんのふせられた目から、ぽた、ぽた、と涙がこぼれ落ちたからだ。

「ちょ、鯖谷さん!?　なにがあったの!?」

「……結城、さっ……。」

「どうしたのっ？　あ、とりあえずなかに入りなよ！」

西校舎はもともと人通りが少ないほうだけど、それでもろうかは、いつだれが通るかわからない。鯖谷さんの手首をつかんでなかに引き入れてしまうと、鯖谷さんは「ううっ……。」とうめきながら、本格的に泣きだしてしまった。


「……富田に、きらわれた、みたいなんだ。」

ひとしきり涙を流したあと、鯖谷さんはようやくぽつりとつぶやいた。

「きらわれた!?　なんかの、まちがいなんじゃないの？」

昨日の今日で、そんなことってありうるんだろうか。

わたしが顔をしかめていると、鯖谷さんは「まちがいじゃない！」と歯を食いしばりながら言ってくる。

「だって、今日の午後から、まったくいやがらせをされなくなったんだ！　授業中はあいかわらずうるさいが……、それでも話しかけるのはわたしじゃなく、まえの席や後ろの席のやつになった。」

「えっ、それは……いいことじゃないの？」

思いがけず、わたしが気になっていたことは解決していたようだ。

いやがらせをされなくなったのなら、よかったじゃないか。わたしはそう思ったんだけど、鯖谷さんは大きく首をふる。

「よくない！　だって、富田がいやがらせをしていたのは、わたしをす、すす……だったからなんだろうっ。なのにいやがらせをされなくなったというのは、ようするに、きらわれたってことじゃないか！」

「あれ？　そうなのかな。」

たしかに、昨日の話だと、そういうことになる……のかな？

でも、なんとなくふに落ちない。

わたしが首をひねっていると、嶋村くんが長机にひじをついて身を乗りだしてきた。

「いや、でもよ。こうは考えらんねーか？　そいつは『好きな女にやさしく』することに目覚めたって。お、おれ自身、ある日目覚めたからこそ言うんだけどよ……。」

「ちがう！　だって、わたしはちっともやさしくされていない！」

「え？　でもいやがらせされなくなったんでしょ？　それって、そういうことじゃ……。」

「むしろ、その反対だ。だって富田は給食の時間にわたしに言ったんだ。『なんだおまえ。今日、つまんないな。』って！」

鯖谷さんはそう言うと、またぽろぽろ涙をこぼしてしまった。

わたしたちは、思わず顔を見合わせる。

「あのさ、よかったら今日の様子を、もっとくわしく聞かせてくれる……？」

わたしがたずねると、鯖谷さんは手で涙をぬぐいながらうなずいた。


――登校してからしばらくのあいだは、富田もいつもどおりだったんだ。

そう、鯖谷さんは語りだした。

朝っぱらから富田くんはさわがしく、大きな声で楽しそうにふざけていたらしい。

「はよっす！　オレさぁ、昨日の夜すっげー新ギャグを思いついたんだっ。見てくれ。オレの必殺！　鼻毛ボンバァー！」

そう言って鼻の穴に指をつっこみ、数本の鼻毛をぬいて投げた。

近くにいた女子たちが、キャーキャー悲鳴をあげて逃げだしていき、いつもなら、そこで鯖谷さんの怒りがさくれつするのがお決まりの流れだった。

けれど、鯖谷さんがとった行動は「きゃっ。」と小さく悲鳴をあげただけ、だったという。

「ウソでしょ!?　そんなことされたら、張り手の一発でもくらわせても罰はあたらないと思うよっ！」

わたしが思わずつっこむと、鯖谷さんは情けなさそうな顔をした。

「たしかに昨日までのわたしなら、まちがいなくそうしたかったはずなんだが……。」

そして「今日は、なんだか緊張していて。」と、もごもごと続ける。

「富田の顔を見たら、心臓が……バクバクしてしまって、怒るとか、そういう感じじゃなくなってしまったんだ。わたしらしくない態度をとっていると気がついてはいたが、元にもどせなくて。」

そして、その鯖谷さんの態度から、勘のいい女子たちはすぐに気がついたらしい。鯖谷さんが富田くんのことを意識している……。それは、二組の女子たちに衝撃をもたらした。

「面と向かって、わたしをいさめてくれる子が何人もいた。『いくらなんでも、富田はないでしょ？』と。『ねえ、目をさまして！』とまで言ってくれる子もいた。」

しかし、それでも鯖谷さんの気持ちが変わらないとなると、次第に女子たちは「好きになってしまったものはしかたがない。」と、あきらめムードになってきたそうだ。そのへんは、昨日のわたしたちの反応と似ている。

『そういうことなら、男子との戦いは、一時休戦かな。』

二組の女子たちは鯖谷さんになまあたたかい視線を送りながら、そういう結論にたっしたらしい。そんななか、鯖谷さんはひとり空回りしつづけていた。

授業中には、さわぐ富田くんをしかりつけることができず、あいまいに笑っていることしかできない。休み時間にリンボーダンスをしている富田くんに足払いもかけられない。あまつさえ給食の時間に笑わせようとしてきた富田くんを、鯖谷さんは「牛乳をのまない」という方法でスルーしてしまったそうだ。

「だって、富田のまえで牛乳をふきだすなんて……そんなはずかしいこと、できないと思ったんだ！　それなのにあいつは、わたしが牛乳をもどしにいくのを見てこう言った。『なんだおまえ。今日、つまんないな。』って！　ものすごく冷めた目で、わたしを見ながら！」

そして富田くんは、そこから鯖谷さんへの関心を失ったかのように、話しかけてこなくなったそうだ。ターゲットをうつしたとでも言わんばかりに、近くの席のほかの女子にちょっかいを出したりして。

そしてこれには、応援ムードになりつつあった女子たちが、大激怒。

ゆるすまじ富田。

そして、ゆるすまじ、デリカシーのない男子たち！

それを合い言葉に、女子たちは一致団結した。それまで、戦いに積極的ではなかった、静観派の女子たちまでも、いきりたった。「全面的に男子と戦争を行うときが来たらしい。」と。

そのために、今日のそうじの時間は、大変な戦いがくりひろげられてしまったそうだ。ほうきとちりとりをかまえた女子たちと、黒板消しと雑巾をかまえた男子たちの追いかけっこにより、ほこりやチョークの粉が教室内に舞いあがった。おかげで教室はそうじをするまえよりきたなくなり、汚れた雑巾をぶつけられた宇野さんが、泣きだしてしまうという事態にまでなってしまったそうだ。（そういえば、以前うちの委員会に相談に来てくれた宇野花音さんも、二組だったたんだよね。）

鯖谷さんは、苦しそうに言った。

「わたしのせいで、二組全体が、大変なありさまだ！　このままじゃ、みんなにも申し訳ないし、それに。……それに、なんでなんだ！　わたしは、どうしていきなりきらわれたんだっ。」

鯖谷さんはふたたび机につっぷしてしまった。

「あいつの気持ちがわからなくて、苦しくて、胸がはりさけそうだ……っ。」

「さ、鯖谷さん……。」

わたしは鯖谷さんの背中をさすりながら、ちらっとみんなのことを見た。

そして無言で問いかける。

ねえ、これおかしくない？　って。

富田くんて、もしかして、鯖谷さんのこと好きじゃないんじゃないの……？

そのわたしの無言の問いに、嶋村くんと久留米さんが重々しくうなずいた。

ふたりの瞳が言っていた。

『どうやらおれたち（亜里沙たち）かんちがいしてたみたいだな。（みたいね。）』って。

だよね。やっぱり、そうだよね。

わたしはさらに無言でふたりに目くばせをする。

やっちゃったなあ……。どうしよう、これ。

「いや……！　美琴、アリリン、嶋村くん！　まだだよ！　まだ、はっきりそうと決まったわけではないよ！」

そんななか、猪上がひとり激しく首をふった。けれどそんな猪上も、いつもの自信満々の顔つきではなく、どことなく目がおよいでいる。

鯖谷さんは、はっとしたように顔をあげて、猪上のほうを見た。

「な、なにがだ？　なにが決まったわけではないんだっ？」

しかし猪上はそれには答えずに、さらに首をふった。

「たしかに！　もしかしてもしかすると！　おれたちの昨日の考えがまちがっていた可能性が、ほんの少しだけ、なきにしもあらずだ。しかし！　恋愛感情とは、人によってじつに千差万別！　複雑怪奇なしろもの！　本人に直接聞いてみなければわからない！」

猪上はそう言うと、長机に手をついて立ちあがった。

「鯖谷さん！　富田くんが今、どこにいるか知っているかい？」

「えっ……。たぶん……まだ教室ではないかな。あいつは今日宿題を忘れて、数人の男子といっしょに居残りさせられていたみたいだから。」

鯖谷さんは少し考えながら答えた。

「よし、それなら好都合だ。」

「あ、わたしも行くよ。」

「あっ、亜里沙も亜里沙もぉ！　亜里沙も行く〜。」

「おれも行くぜ。富田のヤローに直接たしかめねーと、なんか気持ち悪いからな。」

久留米さんと嶋村くんもそう言いながら立ちあがる。その流れにそって、鯖谷さんも立ちあがった。

「そ、そうだな。よくわからないが、それならわたしも……。」

「鯖谷さんは来なくていいから！」

わたしはあわてて鯖谷さんをとめた。

だって、まずいでしょ。富田くんの答え次第では、鯖谷さんをふたたび傷つける結果になってしまうかもしれないんだから。

「え、でも……。」

「そうだね。鯖谷さんは、とりあえずここで、待っていてくれるかな？　おれたちが事情を確認したら、すぐにもどってくるから。」

猪上が言うと、鯖谷さんは少し納得いかないような顔をしつつも、うなずいてくれた。


わたしたち四人は、ほとんど競歩のような速度で、六年二組の教室に向かった。

富田くんの居残りが終わるまえにつかないと、帰られてしまう！

それなのに、この速度に追いついてこられない男がひとりだけいた。

「はやく、猪上！　はやーく！」

「……まっ……てくれ、美琴っ。ろうかは、速く歩いちゃ……いけないん、だぞっ。」

「ルイルイ、ファイト♡」

「おい、結城。おれたちだけでも早く行こうぜ。」

同じようにいらだっていたらしい嶋村くんが、横からわたしをうながしてくる。

「そうだね。猪上っ！　わたしたち、さきに行ってるから！」

そうして、わたしと嶋村くんは同時に速度をあげ、六年二組の教室までつっぱしった。

わたしたちはすぐに二組の教室にたどりつき、閉まっていたとびらに手をかける。すると、なかから爆発的な笑い声が聞こえてきた。

な、なにごと!?

わたしは嶋村くんと顔を見合わせ、それからとびらを少し開いてなかをのぞきこんだ。

そして、あっけに取られた。なかには、ふんどし姿で逆立ちをしている男子がいたんだ。

03 お調子者というより……

ふんどし逆立ち男は、こうさけんだ。

「オレ、セクシ――――！」

なにそれ。

わたしは自分の目で見た光景が信じられず、しばらく教室の後ろの出入り口に、立ち尽くしていた。

たしか、富田くんは「宿題忘れて居残り」をしているのではなかったか。

それがいったいぜんたいどうすれば、ふんどしで逆立ちをすることになるのだろうか。

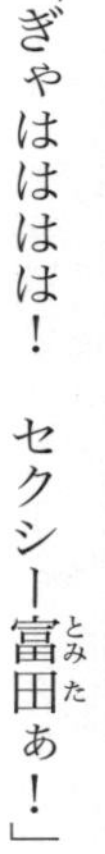

「ぎゃははは！　セクシー富田ぁ！」

「腹が痛い腹が痛い腹が痛い！」

　そして、そのふんどし男（信じたくはなかったけれど、どうやら彼が富田くんらしい。）のまわりにいる男子たちが、けたたましい笑い声をあげていた。

　富田くんはその反応に満足そうで、逆立ちで血がのぼった顔のまま、にやついていた。

「見たかアーハン!?　オレの考えた、最強究極セクシーポーズ！　ふんどしで逆立ちしたらっ、たれさがった布で乳首をかくせるから、めちゃんこセクシーだろアハーン！」

「いや、長さ足りてねーから！　かくれてねーからおまえの乳首ぃ！」

「あと、たれさがった布でかくしきれてねぇ股間が危なっかしいから！」

……だから、なにそれ。

わたしは自分の顔がボウリングの玉の穴みたいな真顔になるのを感じた。（ようするに、こういう顔だ。「∵」）

富田くんが、うるさくて、さわがしくて、どうしようもなくお調子者だということは、鯖谷さんから事前に聞いていたから、なんとなく想像していたんだけど……。富田くんは、そんなわたしの予想の富田くん像をはるかにこえていた。予想をはるかにこえた、バカだった。

「つーか、いつからふんどしはいてたんだよ富田ぁ。」

「ふははは！　朝からだ！　オレはこれを披露するために、今日一日密かにふんどしをはいていたのよぉ！」

「マジかよ！　全然気がつかなかったぁ！」

「トイレで毎回個室にこもってたのは、そういうことだったのかぁ！」

……うわぁ。それも、かなり根性の入ったバカだ。このよくわからないギャグ（？）をするためだけに、わざわざふんどし（買ったってことだよね？　たぶん。）を身に着けて、一日授業を受けつづけていたなんて。

わたしが目を細めにしている横では、嶋村くんが肩をふるわせていた。

「ぶはっ、ははは！　なんだよあいつー……おもしれーな！　ぶはははっ。」

「……嶋村くん、笑わないでよ。」

「だってよ結城ぃ！　きゅっ、究極セクシーポーズだぜッ、だははははは！」

「バシバシ肩たたかないでよっ！　てか、あれがそんなにおもしろい？」

男子って、ときどきちょっと笑いのレベル低くない？　それともあれかな。女子と男子とじゃ、笑いのツボが微妙にちがうのかな。やっぱ。

わたしたちが出入り口で話していると、それがなかの人たちに聞こえたらしい。富田くんが逆立ちをやめて、こっちに走ってきた。

「なになに〜？　きみら、だれ？　ここでなにしてんの？　二組のだれかになんか用事？」

でも、ほとんどみんな帰っちゃったよ。と、富田くんはすまなそうに言う。言ってくれていることも、表情も親切そうなのに、ふんどし一丁の姿というのが非常にシュールだ。なんとなく、これも、狙っているような気がしないでもないけど。

「……わたし、三組の結城。こっちは一組の嶋村くん。あとからもうふたり来るんだけど、わたしたち、富田くんに用事があるんだ。」

「え、オレにぃ？」

「ちょっと話を聞きたくて。指導室……いや、それはだめか。ちょっと、三組の教室に来てくれる？」


そしてろうかを歩きだしたわたしたちは、そこで猪上と久留米さんと再会した。

「おお！　ふたりともっ、ようやく追いついたよ。それで富田くんとは無事に会え……。」

猪上が、わたしたちの後ろにいる富田くんを見て、めずらしくも絶句する。

「まさか、この、クラシックパンツの彼が……？」

「そう、そのまさかの。」

鯖谷さんの想い人です。

わたしが重々しくうなずくと、富田くんがひょいっと体をひねった。

「なになに⁉　オレのなにがまさか⁉　って、あーっ、久留米亜里沙ちゃんだー⁉」

そして久留米さんの姿を見つけると、いきなり両手をほおにあてて、くねくね体をよじらせた。

「ヒュウゥ！　マジかよオレ感激ィ！　亜里沙ちゃーん！　オレとリコーダー交換しよ！」

「はぁ……？　なに言ってんの、この男。キモすぎなんですけど。」

「ちょ……久留米さん、本音！　本音出てる！」

久留米さん、男子が相手なのに、めずらしく本性がむきだしになっているよ！

よっぽど富田くんの下品なセリフが、久留米さんの気分を害したようだ。

「ガーン！　オレ、ショーック！　亜里沙ちゃんってこんな冷たい子だったのぉ〜。」

富田くんが身をよじって大げさにさけぶと、久留米さんはようやくわれに返ったようだ。うるるっと瞳をうるませて、猪上の後ろにさっとかくれる。

「きゃあっ。ルイルイ助けて！　亜里沙ってば、ちょっと錯乱しちゃったみたいっ。」

「だいじょうぶさアリリン。きみはたとえ錯乱しててもビューティフルさ！」

「やーんっ、ルイルイってばぁ♡　ほんとのことばっかり♡」

「はいはい。茶番はいいから、みんな教室に入ってね。」


三組の教室には、もうだれも残っていなかった。

わたしは教室のとびらをふたつとも閉めて、わたしの席に富田くんをすわらせた。

そして近くのいすに、わたしたちがすわる。

「……で、富田くん。さっきも言ったように、少し話を聞きたいんだけど、いいかな？」

「なになに？　オレに聞きたいことって。それ、いったいぜんたいなんなのよ!?」

富田くんは、なんだかみょうに興奮しているようだ。いや、こっちこそ、そのよくわからないオネエタレントみたいな話し方はなんなのよ。

そう思ったけど、わたしはあえてそこにはふれずに、ずばっと切りこんでいく。

「富田くんってさ、鯖谷さんのこと、どう思ってるの？」

「鯖谷ぁ？　それって、オレのとなりの席の、いつもプリプリ男女のことかぁ？」

「いつもプリプリ男おんっ……。そんなふうに思ってるの!?」

わたしはあまりのひどい言葉に、耳をうたがった。でも、富田くんは平然と笑っている。

「だってさー。鯖谷ってほんとそんな感じじゃん！　しゃべりかたも、なんか男のオレより男みたいだしぃ。それにそれにっ、怒りかたが瞬間湯沸かし器みたいでさー。」

鯖谷くんは、ピィーッとお湯がわいたときのヤカンみたいな声マネをする。

「こないだ牛乳ふきだしたときなんてさ、血走った目で『きみは……なぐりとばされたいのか……！』とか言ってきて、すっげーウケた！　口と鼻から牛乳ぽたぽたたらしながらのあの顔は、最高だったな！」

んで、なんでそんなこと聞くわけ？　と、富田くんはきょとんと首をかしげる。

「鯖谷がどうかした？　そういえばあいつ、今日はなんか反応が鈍くて、つまんなかったんだよなぁ。」

「ねえ、そ……それだけなの？」

「んあ？　それだけって？」

「だから……その、富田くんはさ、鯖谷さんを女の子として好きだから、ちょっかいかけちゃってた、みたいなことはないの？」

「だれが、だれを？」

「富田くんが、鯖谷さんを！」

「オレが、あの男女を？　あーっはははは！」

富田くんは、バンバン机をたたきながら「ありえねえー！」と、言いつつ笑いだした。

「ちょっと、そんなに笑うことないでしょ!?　もっと真剣に考えてみてよ！　自分では無意識かもしれないけど、もしかしたらちょっとくらい、そういう気持ちがあったりするんじゃないの？」

いくらなんでも、ありえない、は、ありえない！

わたしが食い下がっても、富田くんは笑いつづけるだけだった。

「ちょっともへったくれもあるもんかよ～！　ないもんはないよぉ！　逆に、なんでそう思ったのか聞かせてほし……ごほっごほえほ！」

富田くんは笑いすぎて、しまいにはむせはじめた。

あちゃー……。

これは、だめだ。わたしたちの完敗だ。

うすうすわかっていたこととはいえ、わたしはがっくりしてしまった。

富田くんは、ただのバカだったんだ。その行動に、ふくむところなどはひとつもなく、ただ「おもしろいこと」を追求しているだけの、お子さまなんだ。

わたしたちは早々に富田くんを解放し、委員だけになると、全員そろって頭をかかえた。

どうしよう……。

鯖谷さんに、とんでもなく悪いことをしてしまった。

わたしたちが「富田くんは鯖谷さんを好きなんじゃないか。」なんてアホなことを言いださなければ、鯖谷さんは富田くんを好きになることはなかったのに。

そして、こんなよくわからない形で、失恋させてしまうこともなかったのに……。

「どうしよう……。鯖谷さんに、なんて言えば……。」

「こうなりゃ、はっきり言うしかねーよ。富田のやつは、おまえのことなんとも思ってなかったみたいだぜ。かんちがいさせて、わりーなって。」

嶋村くんが、苦い顔をしてつぶやく。

「んー……。亜里沙も、そうするしかないと思ーう。」

久留米さんもめずらしくしんみょうな顔をしてうなずいた。

そうだよね。わたしも、結局それしかないってことはわかっているんだ。でもさ。

「鯖谷さん、絶対傷つくよね～……。」

それを思うと、なかなかふんぎりがつかない。

わたしがため息をついていると、猪上がゆっくりと顔をあげた。

「たしかに、傷つけてしまうだろうね。言わなければならないが、言うのはつらい。……だからこそ、そのつらい役目、代表としておれがうけおうよ。」

「えっ、猪上がひとりで？」

「ああ。はじめに富田くんが鯖谷さんを好きじゃないかと言ってしまったのは、おれだしね。それに、こういうデリケートなことは、伝えかたもむずかしい。おれが細心の注意をはらって、鯖谷さんの心の傷が最小限ですむよう、言葉をつくしてこようじゃないか。」

猪上はかるく目をふせ、すっと自分の胸に手をあてるしぐさをした。

まるで、慈悲にあふれる神父……になりきったカエルみたいに。

「それがいいかもぉ。こういうことは、ルイルイにまかせておけば、まちがいないよね。」

「だな。わりーけど、たのむぜ猪上。」

「……そうだね。じゃあ、お願いしちゃってもいいかな。」

ふたりも同意見のようなので、わたしも〝なんちゃってカエル神父〟のことは忘れて、お願いすることにした。猪上は、うっすらと両目を開いて、ふっと笑みをうかべる。

「ああ……！　このルイルイ、生活向上委員の名にかけて、鯖谷さんにできるかぎりやさしく真実を伝えると、ここに誓うよ……！」

そして、話はまとまったかに見えた。

しかしそのとき、となりの教室から、ガラガラッととびらが開く音がしたと同時に、ろうかから富田くんのバカ声がひびいてきたんだ。

「あっれー？　鯖谷ぁ、そんなとこでなにしてんだぁ？」

――えっ。

わたしたちは、その言葉に、いっせいにとびらのほうを見た。

鯖谷さんが……いる？　この教室の外に？　それじゃ、まさか今の話も……。

はらはらしながら腰をうかせると、さらにろうかから富田くんの声が続いた。

「そーいやさぁ、さっきオレ、このなかのやつらに呼びだされて、むっちゃ変なこと聞かれたんだぜ！　なんだと思う？　なあ、鯖谷、なんだと思う？」

――とっ、富田くん!?　なにを言いだす……まさかっ。

「なんかさぁ、オレがおまえを好きで、ちょっかい出してたか？　とか聞かれたんだよ。めちゃウケるだろ～！　ありえなさすぎてぇ、オレっち大爆笑だぜ～！」

そのまさかをサラッと現実にした富田くんは、あははは！　と、能天気な笑い声もひびかせる。

あ、あんのやろう！

「美琴！　三十センチものさしなんかにぎりしめて、どこへ行くんだ！」

「あのバカをたたきのめしに行くのよとめないで！」

猪上がわたしにしがみついてとめようとしてくるのを、わたしはふんっと息をすいこんでおなかをふくらまし、体当たりではねとばした。

「だ、だめだ美琴っ。富田くんはもともと悪くない！　悪いのは、かんちがいしたおれたちなんだ！」

「知るか！」

「わ〜、美琴がキレてるぅ〜。」

「嶋村くん！　美琴をとめてくれ！」

「いや、いいんじゃねーの？　あいつも悪いんだしよ。やれやれ結城！　やっちまえ！」

言われなくても！

そう思いながら教室をつっきり、声が聞こえてきていた二組側のとびらに手をかけた、そのときだ。

パァンッ……。

かわいた音が、ひびきわたった。

続いて、富田くんの「痛え！」という悲鳴。

「さ、鯖谷さんっ!?」

あわててとびらを開くと、目のまえにはほおをおさえている富田くんと、手をちゅうとはんぱにふりあげたままの、鯖谷さんの姿があった。

04 平手打ち

鯖谷さんは大きく肩で息をしながら、ゆっくりと手のひらを下ろしていく。

富田くんはほおをおさえたまま目をパチパチさせていたかと思うと、きゅうにあいたほうの手で鯖谷さんを指さした。

「た、たたいたなぁ！　親にも二、三十回くらいしかたたかれたことないのに！　この超人男女め……お～ぼ～え～て～ろ～！」

そして、物語でやられ役が言うみたいなすてゼリフを残して、ぴゅーっとろうかを走っていってしまう。しかも、その走りかたが女の子走りだった。

「……とんでもない、バカだ、な……。」

富田くんの姿が見えなくなるまで見送ってから、鯖谷さんがつぶやく。

わたしはそれでハッとして、すぐにうなずいた。

「そ、そうだよ！　あいつ、とんでもないバカだよ。」

「……いや。あいつもバカだが、わたしがな……、もっと、バカだ。」

そういうと鯖谷さんはふっと苦笑して、わたしのほうを向く。

「きみたちがなかなかもどってこないので、気になって様子を見にきてしまった。すまないね、いろいろと気をつかわせてしまって。話は聞こえていたし、富田からも直接聞いたから、もう説明は不要だ。」

やっぱり、聞かれていたんだ。鯖谷さん、傷ついた……よね。

わたしが「ごめんね……。」とつぶやくと、鯖谷さんは静かに首をふる。

「いいんだ。よくよく考えてみれば、あのバカを好きになるなんて、わたしがどうかしていた。あんなさわがしくて、お調子者で、どうしようもなくデリカシーのないバカをな。」

「鯖谷さん……。」

「むしろ、早めに目がさめてよかった！　思い返してみると、今日のわたしはすごく気持ちが悪かったな。はははっ。」

鯖谷さんが明るい笑い声をあげる。

ほんとうかな。ほんとうにそう思っているのかな。無理して……るんじゃないの？

わたしはそう思ったけど、口にすることができなかった。

だって、それを言ったところで、鯖谷さんのプライドを傷つけるだけだ。ただでさえ、心がひどく傷つけられたところだろうに。

「そ、そうだよ、そうだよぉ。亜里沙も、鯖谷さんが正気にもどってよかったと思うよぉ？　富田くんなんて、全然カッコいい男子じゃないじゃん。」

久留米さんがフォロー（めずらしく！　いつもやる気のない久留米さんにしては、これは快挙だ！）を入れると、鯖谷さんはかすかに笑った。

「うん。それに、けっこう不潔だしな。わたしはあいつがハンカチを持ってきたところを見たことがない。」

「なにそれ、最悪ぅ！　ね、美琴っ。」

「あー、うん、不潔なのはいやだね……。」

「だよだよっ。富田くんなんてぇ、こっちから願い下げだよ。ねっ。」

「そうだな、そのとおりだ。」

鯖谷さんは、久留米さんの言葉ににっこり笑う。そして、どこかスッキリしたようなすずやかな瞳で、わたしたちのほうを見た。

「それに、これからはあいつにうるさくからまれなくてすむだろうしね……。それだけでも、わたしにとってはありがたいよ。これからは、授業にも集中できるし、給食もゆっくり食べられる。だから、きみたちに相談をして、よかったよ。……ありがとう。」

そう言って、鯖谷さんはぺこっと頭を下げる。それを見た瞬間、わたしは胸がしめつけられるように痛んだ。

わたしたちは、お礼を言われるようなことは、なにひとつしていない。それどころか、鯖谷さんをさんざん傷つけ、二組の男子と女子のあいだの亀裂を大きくしただけだ。

でも、そのことをどうやってあやまっていいのかもわからない……。

鯖谷さんがにっこり笑って、「それじゃ、わたしはここで……。」と背中を向けるのを、だまって見ていることしかできない。

けれど。

「……ほんとうにそれでいいのかい？」

歩きだそうとした鯖谷さんを、猪上が静かに呼びとめた。

「おれには、わかる。きみは正気になってなどいない……きみの心は、いまだ彼のもとにある。そうだろう？」

猪上の言葉に、鯖谷さんの背中がぴくっと動いた。

「人が人を好きになるのは理屈じゃない。だれもが顔をしかめるような相手でも、時として、自分でさえも相手のいいところが見つけられなかったとしても、気がついたら恋に落ちていることはある。そして、一度好きになってしまったら、そう簡単に心の整理はつかない。恋とは、そういうもののはずだ。」

「……仮に。」

鯖谷さんは、こわばった声で低くつぶやく。

「そうだったとして、どうだというんだ？　だとしても、どうにもならないだろう。それなら早く気持ちを切り替えることが最善の——。」

「終わっていないよ、まだ。きみの恋は、まだ始まったばかりだ。」

猪上は、鯖谷さんの言葉にかぶせるようにして言いはなった。

「あきらめるには、まだ早すぎる。きっかけがどうであれ、きみのなかにめばえたその想いは、すてられてしまうことを望んでいない。だから……あがいてみないか。」

そして、猪上はすっとまえに出て、鯖谷さんの手を取る。

「今はなんとも思われていないというのなら、思わせればいい。おれに、きみへの償いをさせてくれないか。全身全霊で、きみをサポートしたいんだ。」

「猪上、くん。」

「ルイルイ、と呼んでくれていいんだよ。」

「ル、ルイルイ……。」

ついに、というべきだろうか。鯖谷さんが目をうるませて、猪上をルイルイと呼んだ。

いつもなら、このキモイやりとりに、鳥肌をたてているわたしだけど、でも。

わたしは、鯖谷さんが手をはなした瞬間に、猪上の手の上に、ばしっとたたきつけるように手を重ねた。

「美琴？」

「結城さん？」

猪上と鯖谷さんがおどろいたようにわたしを見る。

「わたしも、全力でサポートする。」

鯖谷さんに償いたいっていう気持ちは、わたしもいっしょだから。できることがあるのなら、全力で協力したいと、そう思っているから。

そんな思いでいるわたしの手の上に、嶋村くんがぽんと手をおいた。

「おれも、やるぜ。」

「亜里沙も。」

そして、その上に久留米さんが手をのせてきたことで、わたしたちは自然と円陣をくむような姿勢になった。

そっか。みんなも、きっと同じ気持ちなんだね。

わたしはなんだか、じーんときていた。いつも意見がバラバラで、まとまらないわたしたち委員が、今、一丸となっている。

みんなで顔をつき合わせていると、なんだかふつふつと勇気がわいてくる気さえする。

「よしっ、それじゃあみんなでやろう！　生活向上委員会、ファイッ！」

猪上がかけ声をかけると、わたしたちはみんないっせいに「おー！」と声をあげた。

＊＊＊

一夜明けて、翌朝。

わたし、久留米さん、嶋村くん、そして鯖谷さんの四人は、竹やぶのなかにしゃがみこみ、息をつめて体育館の裏の空き地をながめていた。日中のほとんどが日陰になっているこの場所だけど、朝のこの時間だけは少し陽がさしている。そんな貴重な朝日に、猪上と、富田くんがスポットライトのように照らされていた。

「ふぁぁ……なんだよ〜。朝っぱらからこんなとこに連れてきて、オレになんの用〜？」

「とつぜんでごめんね！　きみに、大事な話をしておきたくてね！」

登校してきたばかりで猪上に無理やり連れてこられた富田くんは、まだ眠そうだ。

「大事な話ぃ？」

「そう！　昨日、おれたちがきみにたずねたことを覚えているかい？」

「あー……、なんか、オレが鯖谷を好きか、みたいなとんでも話？」

富田くんが、あくびをかみころしながら言うと、近くの竹をつかんでいた鯖谷さんの手がかすかにふるえた。

うん、緊張するよね。わたしだって、緊張しているくらいだもん。当事者の鯖谷さんは、たぶん心臓がバクバク状態だろうな。


わたしたちは昨日、みんなで作戦をねった。

まずは、富田くんに、鯖谷さんを女の子として意識してもらおう。そのためにはどうしたらいいのか？

「当て馬作戦をしてみよう！」

そこで猪上がそう提案したんだ。

「いいかい？　彼のような恋愛に興味ない系お子さま男子には、正攻法のアプローチはまず成功しないと思っていい。なぜなら、彼のなかには、まだそれを察知する心の準備がととのっていないからね。」

猪上が言ったことに、わたしはなるほどとうなずく。

「たしかに、富田くんってそういう感じがするね。ふつうは、ああいう質問をされた時点で、鯖谷さんのこと意識しそうなもんなのに、全然そんな気配なかったし。」

「そう……。彼は鯖谷さんがどうとかいう以前の問題で、まだほとんど『恋愛』というものを意識していないんだ。」

猪上はふっと肩をすくめた。

「恋愛を格闘技にたとえるなら、彼はまだ観客席にいるってとこかな？」

「なるほど、外側から見てるぶんにはおもしろいもの、みたいな感じ？」

それなら、選手について好き勝手なこと言えるし、ヤジも飛ばせるもんね。

「だから、あんなひどいことでも、平気で言えちゃうのか。」

わたしが顔をしかめると、猪上は「ザッツ・ライト！」と言いながら指をならした。

「だからまずは、彼をリングに引き上げよう。当事者にしてしまうんだ。そうすれば、彼はおのずと意識せざるをえなくなる。そのための作戦がこれなのさっ。」

　ということで、猪上の「彼女のことを狙う、ほかの男があらわれた！　そのとききみはどうする？　ドキドキ★当て馬作戦」が、現在進行中です。うーんドキドキだね。

「覚えてるけど、それがどーしたの？」

「それはね……じつはおれが、鯖谷さんのことが好きだからなんだ！」

　猪上は、カエル顔をキリッとさせて、作戦の肝の部分を口にした。

　よし、言った！　いいぞ猪上！

　わたしはこぶしをぎゅっとにぎりしめる。けれど、わたしの真横で、久留米さんが声にならないような声をあげた。

「イヤァー！　たとえ作戦でもこんなの……イヤァー。」

　と思ったらじっさいに声に出してきた（小声だったけど。）んで、わたしはあわてて手で久留米さんの口をふさぐ。

「静かにっ！　今作戦中なんだからっ。昨日話したとき、ちゃんと納得してたでしょ!?」

「あーん、だってぇ～。」

「久留米さん、すまないな……。」

「しっ……。おまえらだまれよ！　いいとこなんだから！」

鯖谷さんがすまなそうにあやまり、嶋村くんがわくわくしだしたところで（ちなみに、嶋村くんはやじ馬気質です。）猪上がつぎのセリフを話す。

「二組の知り合いに聞いたところ、きみと鯖谷さんの仲がいいということだったのでね。昨日はとりあえずきみの気持ちを聞かせてもらったんだ。でも、きみは鯖谷さんのことを好きではないと言ったよね？　それならと、今日はこうして宣言させてもらうことにしたよ。」

猪上はしばいがかったしぐさで、前髪をかきあげる。

「これからは、彼女にガンガンアプローチしていきたいと思ってるんだ！　なにしろ、彼女はすばらしい女性だからねっ。すっとのびた長身に、きりりとした目鼻立ち、そして一見サバサバしていて男っぽく見えるのに、内面はだれよりもピュアで、はじらう姿がスミレの花のような乙女！」

「イーヤーァー！」

「久留米さんっ、しぃぃ！」

「ほ、ほんとうに、すまない。……それにしても、あんなふうに言われると、作戦とわかっていても、は、はずかしいな……。」

「だから、テメーらだまれっつってんだろっ。あ、ほらっ、見ろよ富田のやつの顔つきが変わったぞ！」

嶋村くんの指摘のとおりだった。

さっきまで眠そうにあくびをかみころしていた富田くんが、目を見開いている。

あきらかに、今の猪上の言葉におどろいているようだ。

「……あのさ、もっかい聞いてもいい？　だれがだれを好きって？」

富田くんはふるえる声で猪上にたずねる。

おっ、これはもしかして、富田くんも気がついちゃったパターンか!?

なんとも思ってなかったはずの彼女……でも、ほかの男にとられるかもしれないと思うと、胸がもやもやしてきて「なんだこの気持ち……もしかして、恋？」みたいな!?

だとしたら、作戦は一気に完了する。

こい！　富田くんの恋心、今こそ目覚めよ！

わたしの願いをのせて、猪上が答える。

「何度でも言うよ。おれは、鯖谷さんのことが好きだと！」

「マージーかー！」

そのとき、わたしの予想した反応とはちがう、けたたましい笑い声が返ってきた。

「あっははは、すっげー！　マジすっげー大ニュースじゃん。イイこと聞いちゃったぁ！　さっそくうちのクラスのやつらに教えてやろーっと。あーんでもぉ、オレの昨日のギャグよりウケそうで、トミタ嫉妬しちゃうぅ〜。」

そして、猪上がとめる間もなく、富田くんはまるでおどるような足取りで校舎のほうへかけもどっていってしまった。おそらく、今の猪上の宣言を、みんなにおもしろおかしく聞かせるために……。

05
作戦失敗

わたしたちは竹やぶのなかからガサガサとはいだした。

久留米さんがいちばんに飛びだしていって、「ルイルイ〜。」と、猪上に抱きつく。

「おっと……どうしたアリリン！　不安にさせてしまったかな？　でも、そんなにしがみつかなくても、おれは逃げないよ。」

猪上は久留米さんを受けとめながら、バチンバチンとウインクもどきをしていた。

「いやー、失敗しちゃったね。」

わたしはそう言ってふたりのそばまで歩みよりながら、ため息をつく。

富田くん、おそるべし。思っていた以上の難敵だ。

けれど猪上は、ふっと笑って首をすくめた。

「いや、とりあえずはこれでいいんだ。おれは、この作戦だけでうまくいくとは、最初から思っていなかったからね。」

「え。そうなの？」

「そうさ！　彼はなにも感じていないように見えて、内心ではかすかに動揺しているはずだよ！　おれのあの熱い演技を見て、心を動かされないわけがないからね！」

「え。そうかな……。」

どう見ても、なにも感じてなさそうだったけど……。あと、猪上の演技は、熱いというより、かなりくさかったけど……。

でも、猪上が失敗に落ちこんだ様子ではなかったことは、幸いだ。

ふつうの人なら、たぶんここで気持ちが折れてしまっただろう。（だって、これからしばらく猪上は、二組中で笑いの種だ。）こいつの鋼の精神力だけは、評価したいと思う。

おそらく、ほかのみんなもそう思ったんだろう。感心したような顔つきで、猪上をながめていた。

「ルイルイって、やっぱすごぉい。亜里沙、ほれなおしちゃう。」

「ホントすげーな猪上。おれなら富田がおかしなことを言いだすまえに、フルボッコにして記憶を失わせてるところだぜ……。」

「猪上くん、すまない。二組でおかしなことを言うやつがいたら、わたしが責任を持って、否定しておくから。」

「いやいや！　鯖谷さん、噂はそのままにしてくれていいよ。おれはなにを言われても気にしないさ。もっとも『あの美しい転入生が鯖谷さんを好きだったなんてショック！』と悲しむ、二組の女子の気持ちを思うと切ないが……ね！」

………。

「よし。それじゃあつぎの作戦にうつろう！」

わたしは、内心でのつっこみさえスルーして、こぶしを空につきあげた。

＊　＊　＊

第二の作戦。それは、昼休みに決行された。

「ほ、ほんとうにやるのかよ……。」

二組のろうかまえに一度集結したわたしたちは、第二の作戦の主役である嶋村くんをかこんでいた。

「情けない顔しないでよっ。この作戦は、嶋村くんが不良っぽさ全開でいかないと、意味がないんだからねっ。」

「でもよぉ……。もしも、木南に見られたりしたら、おれは……。」

「そこは、猪上がちゃんと足どめしてくれてるから。」

猪上は、さっき一組の教室に入っていった。今ごろは、木南さんになにか用事を作って話しかけているだろう。猪上の役目は嶋村くんがきちんと役目を果たすまで、木南さんを足どめすることなのだ。

「今朝はルイルイがあんなにがんばってくれたんだからー、今度はあんたの番でしょ？

……ぐずぐず言わず、しっかりやれよな、嶋村。」

久留米さんが最後だけ低音ですごむと、嶋村くんは顔を引きつらせて「やればいいんだろ、やれば！　でも、もうちょっと心の準備とかさせてくれよっ。」とこたえる。

「すまないな。わたしのせいで、迷惑をかけて……。もし、どうしても気持ちがのらないのなら、断ってくれてもいいんだが。」

鯖谷さんは、嶋村くんに対してすごく申し訳なさそうだ。

それを見た嶋村くんは、きゅうにバツの悪そうな顔になる。そして、自分の弱さをふりはらうかのように、首をふった。

「いやっ……、もとはといえば、おれらのせいだかんな。おれも男だ！　腹をくるぜ。」

「いいのか？」

「そっちこそ、心の準備はいいのかよ？　本気で行くからな、びびって泣いたりしてもやめねーぞ。」

「望むところだ。わたしの覚悟はとうにできている。思いきりやってくれていい。」

「上等だ。じゃあ、おれたちはさきに西校舎に移動だな。」

「ああ。」

嶋村くんと鯖谷さんがうなずき合ったのを見て、わたしと久留米さんもうなずき合う。

役者の準備はととのった。それじゃあ、第二の作戦、開始だ！

「すいませぇん。富田くん、いますか～。」

久留米さんが二組の教室に顔を出すと、なかからざわざわとミーハーなざわめきがまきおこった。

「久留米亜里沙だ！」

「亜里沙ちゃんっ！」

「すげぇ、かわいい……。」

近くにいた男子たちのつぶやきに美少女スマイルでこたえる久留米さんの横で、わたしはじっと富田くんを待つ。そのあいだに、教室のまえのほうにかたまっていた女子たちが、そんな男子たちを見ながらひそひそといやそうに話すのがかすかに聞こえてきた。

「なーに、あれ。他クラスの女子にはしゃい

じゃってバッカみたい。」

「ちょうどいいから、そのままあの子のあとをついて、男子全員うちのクラスから出ていけばいいのにね〜。」

「そしてそのまま、永遠にもどってくんな。」

うーん。話には聞いていたけれど、二組の女子と男子は、完全に戦争状態に突入してしまったようだ。今も休み時間だというのに、教室のまえ半分と後ろ半分に、きっちり女子と男子がわかれてしまっている。

「えーっ、なになにぃ!? どしたの亜里沙ちゃん、またオレに会いに来てくれたのぉ!?」

そんななか、富田くんは数人の男子たちとプロレスごっこをしていたようだけど、久留米さんの姿を見てすぐにかけよってきた。昨日、久留米さんの本性を見たとは思えない満面の笑みだ。……忘れてるのかな。バカだから。

久留米さんはそれを逆手にとって、うふっ♡ とかわいらしくほほえむ。

「富田くん、こんにちはぁっ。今、ひまかなぁ?」

「ヒマヒマ! めちゃヒマだよぉ。」

「ほんと？　あはっ、うれしーい♡　あのね、亜里沙いま委員会の仕事で〜、ちょっと人手が足りない作業があってぇ。富田くんに手伝ってもらいたいんだけど、いいかなぁ？」

「いいよ、いいよ！　なんでも手伝っちゃうよオレ！」

「わぁ〜、ありがと〜♡　じゃあ、亜里沙についてきて？」

「ほいほーい！」

富田くんは、あっさりと誘いにのって、二組の教室を出てきた。

ちょろいな……。

わたしはあきれながらも、久留米さんのあとを追う富田くんのあとについて歩きだした。後ろから、男子のやじ馬がついてこようとするのを阻止しながらだ。

「富田ずりぃ！　亜里沙ちゃん、人手が足りてないなら、おれも行っていい？」

「来ないでください。人手はひとりだけで十分なんで。」

「亜里沙ちゃーん！」

「あ、そこ許可なくさわろうとしないでね。」

ちなみに、久留米さんのためじゃなく、あんたのために言ってるんだよ。久留米さんの逆鱗にふれて、夢がこわれて泣くのはあんただからね。

ろうかのはしにつくまでに追っ手をふりきって（なんでわたしが、こんなアイドルのマネージャーみたいなまねを……。）わたしたちは西校舎へ続くわたりろうかに進む。階段をのぼって、指導室のある三階についた。

「ねーねー、亜里沙ちゅわん。委員会の仕事ってなに〜？」

「うふふー、それはぁ、ついてからのお楽しみっ。」

久留米さんは適当なことを答えながら、ちらっとわたしのほうをふりむいた。そして、目と目で一瞬の会話を交わす。

合図だね。まかせてよ。

わたしはうなずいて、パンパンパンッと大きく手をたたいた。嶋村くんと、鯖谷さんに、わたしたちが近くまで来たことを知らせる合図だ。

「なんだ!?」

富田くんがおどろいたようにふりかえったので、わたしはすまして答える。

「ハエだよ。今、おっきなハエがいたから。」

すると、富田くんはさらにおどろいた顔になった。

「えー！　ハエを！　手でつぶしたのぉ!?　すーっげぇええ！」

「ま、まあね……。」

しまった。蚊って言うんだった。そう思いながらわたしはあいまいに笑い、富田くんにさきをうながす。

「ほら、ハエはいいから早く行きなよ。久留米さん行っちゃうよ。」

「おっと、いっけねぇ！」

富田くんは某洋菓子店の女の子キャラクターのようにぺろんと舌を出して、ふたたび久留米さんのあとを追いかけはじめた。

よし。あと少しだ。あと少しで指導室だ！　嶋村くん、鯖谷さん、出番だよ！

わたしの念がとどいたのかどうか、指導室まであと五メートルというところで、ガラッと音をたてて指導室のとびらが開いた。そして、なかから鯖谷さんが、転がるようにして外に出てくる。

そして、それを追う形で、嶋村くんも出てきた。凶悪そうに怒った顔で、鯖谷さんをにらみつけながらだ。

「や、やめてくれ！」

「やめてくれだぁ？　いやだね。おれはオメーをゆるさねぇ。」

「そ、そこを、なんとか……たのむ。」

「なめたこと言ってんじゃやねーぞ。ああん!?」

ろうかのかべぎわに、嶋村くんが鯖谷さんを追いこんだ。ふるえる鯖谷さんの顔の横に、ダンッと音をたてて嶋村くんの手がつかれる。

よしっ、ふたりともナイス！　とてもいい感じの壁ドン（？）だ！


第二の作戦、それはこういうものだった。

題して「不良にからまれ大ピンチ！　男まさりだと思っていたクラスメートは、ほんとうはこんなかよわい少女だったのか……。」作戦！

ここには、久留米さん、わたし、そして富田くんしかいない。男子はひとりだけ。

すなわち、かわいそうな鯖谷さんがたよれるのは、富田くんだけという状況だ。もしも富田くんが逃げようとしても、久留米さんの「助けてあげて」コールと、わたしの「まさか逃げるんじゃないでしょうね」プレッシャーの二段構えでそれを阻止する。

富田くんは、鯖谷さんを助けるしかないのだ。

これを考案した猪上は言っていた。

「最初はしぶしぶかもしれない。けれど、じっさいに鯖谷さんを助けるために行動させてしまえば、感情はあとからついてくるものさ！『こわい……！　オレ、なんでこんな危険をおかしてまで、こいつを助けようとしているんだ？　ああっ！　もしかしてオレ、知らぬまに鯖谷のことを……!?』と思わせられればしめたものさっ。」

まあ、そこまでうまくいくかどうかはあやしいけれど、鯖谷さんを救うというシチュエーションを彼に経験させるのは悪くないと思う。

さあ、動け！　富田くんよ、鯖谷さんを救出に向かうのだ！

しかし、富田くんは動かなかった。助けようともしなければ、逃げだそうともしなかったんだ。そのかわり……。

「す、すっげぇえー！　すっげえ迫力ぅ！　な？　なっ!?」

興奮した様子で、わたしや久留米さんを手まねく。

「もっと近くで見ようぜ！　おーい鯖谷ぁっ、オレだ！　見てるぞぉ！」

さらに、嶋村くんに追いこまれている鯖谷さんに対し、笑顔で手をふるしまつだ。

「ちょ、ちょっと！　富田くんなに言ってんのっ？　はやく助けてあげてよ！」

「そうだよっ。この場にいる男子、富田くんだけだよぉ！　亜里沙にいいとこ見せてくれないの!?」

わたしも久留米さんも、必死に富田くんに「助けろ」アピールをするのに、富田くんはきょとんとして、首をかしげた。

「え。なんで？」

「な、なんでって、鯖谷さんが不良にからまれてんだよ！」

「そうそうっ。一組の嶋村くんといえばぁ、手のつけられない乱暴者で有名じゃぁん！」

「だって、あれ演技だろー？」

「えっ……。」

　まさかのつっこみに、わたしも久留米さんも思わず絶句する。富田くんはへらへらと嶋村くんたちを指さした。

　その場の空気が、ピキーンと音をたてかたまる。

「え、演技じゃ……ないよ？」

　演技だけど。たしかに、演技だけど。わたしは顔を引きつらせながら言ってみる。

　けれど、富田くんは「またまたぁ。」と明るく笑った。

「絶対演技だよ。たしかに、すんごい迫力だったけどさ。ふだんから怒られまくってるオレにはわかるんだよね。ホントにヤバい状況かどうかってことはさぁ。」

「……………。」

「あっ、もしかして！　委員会の手伝いって、これのこと!?　なになに？　きみら今度どっかで劇でも披露すんの？　オレに、劇の感想言ってほしいってことぉ!?」

「げ、劇じゃねえ！　おれは本気で怒ってんだっ。おまえ、この女がどうなってもいいのかよ！」

「ヒュー♪　いいねいいね嶋村クン！　すごい迫力だよぅ！」

「ざっけんなよっ……本気だっつってんだろうが！　見ろ！」

嶋村くんはおそらく、演技を見ぬかれたはずかしさと、腹立たしさで、頭の血管が二、三本ぶちっといってしまったんだろう。

まっ赤な顔をして、かべについていないほうの手で、鯖谷さんの胸元につかみかかった。鯖谷さんは小さくうめいて、嶋村くんに引きよせられる。

「ひっ……。」

「し、嶋村くん！」

さすがに、それ以上やると、おさめどころがなくなってしまう！

そう思って、わたしがとめようと足をふみだしたときだった。

「しまむらくん……？」

後ろから、聞き覚えのある声が聞こえてきたんだ。

この……きよらかな天使のような声、は。

わたしは、最悪な予感をかかえながら、おそるおそるふりかえった。すると、予感はあたってしまっていた。そこにいたのは、嶋村くんの想い人である、六年一組の木南さんだったんだ。

「木南さん！　そっちに行ってはダメだ……ッ。」

そして、そのあとからゼイゼイ息を切らしながら猪上が走ってきた。どうして一組に足どめしていたはずの木南さんがここにいるのかはわからない。けれど、あいかわらず足のおそい猪上が、どうやら木南さんをとどめそこねたらしいのだけはわかった。

「な、なにがあったかわからないけど……女の子に手をあげちゃ、だ、だめだよっ……。」

木南さんは手で口元をおおい、顔を青くして、カタカタとふるえている。

たぶん、嶋村くんが鯖谷さんをなぐろうとしていたのだと、誤解して。

「き、木南っ、ちがう……これは、ちがうんだ！」

「え、きみが木南さんっ？　ち、ちがうぞ！　これはその……。」

嶋村くんと鯖谷さんは、ほとんど同時に木南さんに弁解しようとした。それがまずかった。

ふたりは同時に足をふみだしかけて、おたがいの足につまずいてしまう。そして、なにかにつかまろうと、おたがいの体にがしっとつかまってしまった。まるで恋人同士が、思わずたがいを抱きしめたみたいに。

06 誤解なのに

指導室は、静まり返っていた。

少しまえまで、地獄絵図のような狂騒ぶりだったことを思えば、みんな落ちついたように見えなくもない。けれど、じっさいはその逆。さわぐ元気もないといったふうだった。

嶋村くんと鯖谷さんの、衝撃のハグシーン直後。

まず、富田くんが笑いながら拍手をした。

おもしろいショーでも見たかのように、手をたたき、ピィピィと指笛をならしたんだ。

そして「ヒュウゥ！　いいねー！　超熱いラブシーンじゃーん！　よっ、熱いよおふたりさん！」と大絶賛した。

それを聞いて、鯖谷さんは、どうにかしてこの誤解をとかなくてはと思ったんだろう。

「ちがう！　今のは、事故だ！　わたしが好きなのは、おまえなんだ富田！」

と、いきなり告白をしてしまったんだ。

しかし、そんな必死の告白に富田くんは激しく笑いだした。

「あっはっは！　なに言ってんだよ鯖谷ぁ～！　おまえ、おもしろすぎー！　ようし、おまえがその気なら、オレももっとおもしろいことやってやるぜ！」と謎のやる気を起こして、ろうかを走り去っていった。

鯖谷さんはしばらく放心していたあと、その場にしゃがみこんで泣きだしてしまった。

そりゃ、そうだよね。好きな人にほかの人との仲を誤解されて、そのあと誤解をとこうと告白したのに、あんな……。わたしが鯖谷さんでもたえられる気がしない。

そして、嶋村くんもあわてふためいて、木南さんに言い訳しようとしていた。

でも、嶋村くんのほうは鯖谷さんみたいに告白する勇気もなかったらしく、「ち、ちがうぜ木南！　今のはっ、いや……つか、今のもっつーか、まえのもちがくてっ。だからっ、おれは鯖谷がにくくてあんなことをしようとしたわけじゃなくてさっ。」と、まわりくどくてわけのわからない説明をしていて。

さらに、木南さんは木南さんで、パニックになっていたようだ。

顔をまっ赤にして、目をぐるぐるおよがせながら「そっか。ご、ごめんねっ。わたし、さっきかんちがいしてたみたいだねっ。で、でもっ、あの、だいじょうぶだよ！ もうちゃんとわかったし、ふたりのことは、だ、だれにも言わないから！」とさけぶと、両手で顔をおおって逃げだしてしまった。

「きっ、木南！ きな……あぁぁ。」

嶋村くんは、その場にへなへなとくずおれるようにしゃがみこんでしまった。

そして、そのまま床に手をつき、四つんばいの姿勢で、石像のようにかたまった。

何度も声をかけて、ようやく指導室のなかに移動してくれたけど、それからひとことも口をきいていない。今はかべぎわでひざをかかえてすわり、死んだ魚のような目をしていた。

「悪かったね、ふたりとも……。おれが木南さんをきちんと足どめできなかったばっかりに……。」

猪上が、まゆ根をよせて、申し訳なさそうにつぶやいた。

「一組に行ってみたら、木南さんが職員室へ行ってしまっていてね。それでおれも職員室へ行ったんだが、すでに職員室にも姿はなく……。近くにいた景子先生に『木南さんを見ませんでしたか？』と聞いてみたら、『さっきまでここにいたわよぅ？　でも、今は指導室に向かってると思うわぁ。わたしが荷物をおいてきてほしいって、おつかいたのんだから。』と言うからさ。おれも急いで向かったんだけど、木南さんの足が速くて、どうにも追いつけなかったんだ……。」

「ああ、そういうことだったんだね。」

それなら、タイミングが悪かったというしかない。

あと少し、猪上が早く一組の教室へ行っていたら。もしくは、景子先生が、木南さんにおつかいをたのんだりしなければ。さらには、猪上の足が、もう少し長かったなら。

こんな不幸なことは起こらなかったかもしれない。

「ルイルイ、元気出して。」

「ありがとうアリリン。でも、おれは自分で自分がふがいないよ……。ふたりをこんなに落ちこませてしまって。」

「しかたないよぉ。鯖谷さんも嶋村くんも、初ハグでびっくりしちゃっただけでしょ。」

「は、初ハグ……。」

久留米さんの言葉に、鯖谷さんが白目になって反応した。心なしか、さっきより顔色も白くなっている。

「さ、鯖谷さん！　だいじょうぶだよ。そんなふうに言葉にしたら大げさなだけだよっ。」

わたしがあわててフォローすると、鯖谷さんはすがるようにこちらを見た。

「そう、だろうか……。」

「そうそう！　そうだよ！　スポーツ選手が、試合のあとにハグとかハイタッチとかするじゃん。あれだと思えばたいしたことないって！」

わたしが熱弁していると、かべぎわで体育ずわりしていた嶋村くんが、ふいにゆらりと立ちあがった。

「結城テメー……他人事だと思って……てきとーなこと言っててんじゃねぇぞ。」

今まで彫像のように動かなかったのに、その瞳にギラギラとあやしい光をたたえて、全身から殺気のようなものを放っている。

「んなこと言うんだったらなぁ、おまえもしてみるか？　そうだ、猪上とでもぎゅーっと抱き合ってみろよ、ああん!?」

「ごめん！　わたしが悪かった！」

無理だ。それは無理だ！

「おいおい、また照れてるのかなぁ美琴は。おれはいつでもウエルカムだよ？」

「ほんとうにごめん！　ふたりとも、ほんとうにごめんね！」

わたしが平謝りしていると、嶋村くんはようやく顔をそらし、ハアッとため息をついた。

「まー、わかればいいけどよ。……鯖谷ぁ、その、悪かったな。」

そして、ちらっと鯖谷さんのほうを見て、頭を下げる。

「おれもショックだけど、おまえのほうが、その……あれだよな。」

すると、それまでうちひしがれたような顔をしていた鯖谷さんも、はっとしたように目を見開いて、首をふる。

「こちらこそ、すまない……。それに、嶋村くんが悪いわけではないし……。」

「そー言ってもらえっと助かっけど……。でも、やっぱ、おれはおまえのがキツイと思うぜ。だから、もしおまえの気が済むなら、思いきりぶんなぐってくれてもいい。」

「はは……。ありがとう。でも、それは気持ちだけでだいじょうぶだ。」

鯖谷さんが苦笑し、嶋村くんもかすかに笑った。

うん、ふたりとも、だいぶ落ちついてきたみたいだな。そりゃ完全にはショックはぬけきらないだろうけど、とりあえずは、よかったよかった。

わたしが内心ほっとしていると、やりとりを見守っていた久留米さんが、おもむろに口を開いた。

「なーんかぁ。もういっそ、ふたりがこのままつきあっちゃえばよくなーい？」

「はぁ!?　んでそーなんだよっ！　おれには木南という心に決めたやつがいんのに！」

「そうだぞ！　わたしも、富田はあんないいかげんなやつだが、やはりまだっ……。」

嶋村くんがさけび、鯖谷さんも同じようにさけびかけて、それからすっと言葉をとぎれさせた。

「……いや？　もう……そうでもないかもしれないな？」

そして、わずかに首をかしげ、自分の胸に手をのせる。

「なぜだろう、不思議だ。でも、昨日ほど胸が苦しくない気がする。今朝からいろいろな作戦をしてもらって、ずっと心臓をドキドキさせつづけていたせいで、感覚がマヒしてきたんだろうか。」

鯖谷さんの表情は、まるでつきものが落ちたみたいだった。

昨日、強がっていたときとは、あきらかに顔つきがちがう。

「え、それってもしかして……。もう、富田くんのこと、好きじゃない、とか？」

わたしは問いながら、鯖谷さんの顔をまじまじとのぞきこんでしまう。また無理をしているんじゃないだろうか？　でも、よくよく見てみても、やっぱり鯖谷さんの表情に無理をしているようなかげはない。

「ああ。そうみたいだ。」

「うっそぉ！　そんなのっておかしくなぁい!?　だって、ついさっきまで、あんなに富田くんのこと好きっぽかったのにぃ。」

久留米さんが、とうてい信じられないとばかりに大声を出す。すると、鯖谷さんは困ったようだった。

「そう、だな。自分でも不思議でしかたがない。」

「オイオイ、うそだろ？　そりゃ、おれも信じらんねーな。好きっつー気持ちは、そんな簡単に出たり入ったりしねーもんだろ！」

嶋村くんも、憤慨したような言いかたをする。

けれど、それを猪上がさえぎった。

「いいや！　ちっともおかしくないよ。恋はとつぜん始まることもあり、そしてまた、とつぜん終わることもある。そういう、きまぐれなものだからさ！」

猪上は人差し指をぴっと立てて、ウインクもどきをする。

「とくに、一瞬にして激しく燃えあがった恋心ほど、パッと一瞬で散ってしまうことがある。花火のようにね。とくに、期間は短いながらも、鯖谷さんはこの恋でできることを全部やってしまったんだ。引きずることもないくらいにね。」

それを聞いて、ああ、と鯖谷さんは納得したようにうなずいた。

「たしかに、今、そんな感じの気持ちだ。勢いとはいえ、告白もしてしまったしな……。そのせいで、たしかにやりつくした感はある。」

「ということは、きみのなかでその恋は、もうしっかり昇華されたんだよ☆　うーん、すばらしい……。鯖谷さん、きみはひとつの恋を乗りこえて、大人になったということだ。」

「そうか……わたしは、大人に、なったのか。」

鯖谷さんはそうつぶやくと、すっと立ちあがり、にこっときれいな笑顔を見せた。

「ありがとう！　なんだか、生まれ変わったような気分だ。相談は取りさげさせてもらう。きみたちには、ほんとうに世話になったね。」

「鯖谷さん、こっちこそ。」

わたしは、なんだかじわじわ感動していた。

ふつうだったら、この鯖谷さんのとつぜんの変わりようにおどろくところかもしれない。でも、わたしには……鯖谷さんの気持ちが理解できた。

苦しかっただけの片思いから、ようやく、ときはなたれたんだよね。

そしてなによりも、鯖谷さんがすっきりとした顔をして笑ってくれているのが、自分のことのようにうれしい。

たった数日のあいだだったけど、濃かったからかな。いろいろ失敗もしてしまったけど、ううん、だからこそかな。

「わたしたちに相談に来てくれて、ありがとう。」

わたしが片手をさしだすと、鯖谷さんも笑って、片手をさしだしてきた。そして、おたがいにがしっと力をこめてにぎり合う。

「これからも、もしなにかあったら、いつでも相談に来て。まあ……ちょっと、失敗しちゃうこともあるんだけど。」

「ははっ。とんでもない。きみたちが力になってくれて、わたしはとてもうれしかった。困ったことができたら、また来させてもらうよ。」

こうして、今回の鯖谷さんの相談は、無事に円満解決、ということになった。

よかった、よかった。めでたし、めでたし！

——なーんて、思っていたんだけど。

予想外のことが起きるのが、この委員会だ。

＊＊＊

鯖谷さんの相談が解決してから、数日ほどたった放課後。

指導室には、新たな相談者がやってきていた。

めずらしくしんみょうな顔つきで、居心地悪そうにパイプいすにすわっているのは、もはやわたしたちにとってはおなじみの、六年二組のお調子者、富田くんだ。

「——なんかさ、調子がくるっちゃってんだよねぇ、オレ。」

そう言って、富田くんは口をとがらせた。

「まえみたいに、思いっきしみんなを笑わせたいって思ってるのにさぁ。なんか、全然思いきってやれない感じなんだよな。それが、すっげえ気持ち悪いの。」

富田くんの相談は、こういうものだった。

ここのところ、いつものように授業中にさわごうとしても、休み時間に新ギャグを披露しようとしても、どうもうまくいかない。

まるで、心にブレーキがかかっているみたいに、思いきりよくできないというのだ。

理由はわからない。でも、そんな自分の状態が気持ち悪くてしかたがない。

「なるほど。きみはそのモヤモヤを解決したいと思って、ここに来たのかな？」

猪上がたずねると、富田くんは「え？　なにそれ。」と、きょとんと首をかしげた。

「解決ってどゆこと？　オレはただ、猪上クンをさがしてたら、五組の子にここにいるって教えてもらったから、来ただけなんだけど。」

って、衝撃の事実！　どうやら富田くんは相談者じゃなかったらしい！

「猪上に用事があるだけなら、はやくそう言ってよ！　てっきりうちの委員会に来た相談者かと思っちゃったじゃない、まぎらわしいなぁ！」

「えっ!?　なにその、委員会って。ここって、なんかの委員会の部屋だったのぉ!?」

富田くんが目をまるくしてたずねると、猪上がしばいがかったしぐさで「お答えしよう！」と前髪をかきあげた。

「ここはこの学校の聖域！　なやめるすべての児童たちのよりどころ！　われら『生活向上委員会』の活動拠点なのさ！」

「生活向上委員会？　なにそれ。そんな委員会、うちの学校にあったっけ？」

「ふっ……今年できたばかりの委員会だからね。知らない人たちもいて当然だ。おれたちはね、この学校の児童たちのなやみを聞き、いっしょになやみ、解決に導きながらその児童の生活を向上させていく……という、とってもすてきな委員なのさ。」

「へー！　そうなんだ！　オレっち全然知らなかったよ！　でも、それならちょうどいいや。なら、オレも委員会への相談ってことにするからさぁ、バシッと解決してよ！」

「ちょっと、そんな適当な気持ちで相談にするのはちょっと……。」

なんかそんな、おもしろそうだからみたいな、遊び感覚で相談されてもね。

本来相談者でもなかったみたいだし、わたしが断ろうとすると、猪上が手を広げてさえぎった。

「はっはっは！　もちろん、かまわないよ！　大歓迎さっ。」

「やったー！　委員会のみんなぁ、ぞんぶんにオレを助けてくれ～！」

のんきに喜んでいる富田くんを、なぜかぶっとばしたくなった。こいつ、た、助けたくない……！

けれどそんなわたしの無言の圧力にも負けず、富田くんはしれっと話を続ける。

「あ、そのまえにさ。猪上クンと嶋村クンにちょっと聞いてもいっかな。」

「もちろん、なんでも聞いてくれていいよ。」

猪上がうなずくと、富田くんはパイプいすにすわりなおし、そわそわと両手を動かしはじめる。

「あのさー、このまえのことって、どのくらい本気だった？」

「このまえのことって？」

「だからぁ、猪上クンは裏庭でオレに言ってきたじゃん。ほら。鯖谷が好きとかどーとか……。そういう？」

富田くんはそしらぬ顔を装いながら、チラッと猪上の表情をうかがった。

「べつに、いまさら気になるってわけじゃないんだけどさ？　最近、なんかきゅうにあのときのことを思いだしてさ、『どーなのかなー？』って思ったからさぁ。」

猪上は小さな目を見開いた。

「富田くん、きみ、もしや告白されてから、鯖谷さんのことが気になってしまったのかい？」

「いやいや!?　そういうわけでもなく、単純な興味!?　みたいな感じなんだけど。」

富田くんは首をふったけど、顔がちょっとあせっていた。

うわ、なにこれ。図星っぽい。

「なんかよく知んないけど、鯖谷のやつ、あいつさ、最近すっかり落ちついちゃってんだ。今まではさぁ、おれが授業中にギャグやったりすると、怒るか、変な反応するかだったのに、今ではさぁ『それはなかなかおもしろいな。』ってサラッと言ったり、話しかけると『ああ富田、この問題をとくまで五分待ってくれ。すまないな。』と言ったきり、そのまま授業に集中したりしてるんだよ。」

なんかさ、オレ、それがすんげーやりづらくて。だから気になるといえば、それは気になるけど。

　と、富田くんが顔をしかめる。

「なんかきゅうに、大人びた？　みたいな感じなんだよなぁ。いやさ、たしかに鯖谷はさ、オレより大人だと思うよ。だって、ほら、ここのろうかで？　嶋村クンとラブシーンしちゃってんだからさぁ！」

　その単語に、それまでだまって話を聞いていた嶋村くんが、ぴくっと反応した。

　けれど、富田くんはそのまま話を続ける。

「あんときはオレ、ただただおもしれーって思ったんだよ。でもさー、あとあとになって考えてみると、あれってほんとのところはどうなん？　って思って。いくらノリでも、抱きしめるとか、ふつうできないじゃん？　嶋村クンはさぁ、鯖谷のことがやっぱ……好きだったりするわけ？」

「……んなわけねーだろ、このボケッ！」

　嶋村くんはそこで、イライラが頂点突破したようだ。ダンッと長机をたたいた。

「富田テメーゴルァ、調子にのってんじゃねーぞ！　おれはな、今はおまえの顔を見るだけでもムカムカしてんのに、くだんねーこと聞いてんじゃねーぞ！」

「ひえー!?　なんでっ？　なんで嶋村クンそんな怒ってんのぉ!?」

富田くんが目を見開いてパイプいすの背もたれにしがみつく。そこに吠えかかるように、嶋村くんは身を乗りだした。

「どーもこーもねえ！　理由はムカつくからだ！　おい富田、なぐらせろ。いいな！」

「ひょおぉー！　全然よくないんですけどぉー！」

「こらこら嶋村くんっ、やつあたりはいけないよ！」

そこで、猪上があわてたように富田くんをかばう。

「どうしたんだい？　もしかして、まだ木南さんの誤解がとけてないのかい？」

すると、嶋村くんは、みるみるうちに顔をゆがませて言った。

「とけてねーよっ！　おれはっ、あれからずっと、木南と、ひとことも口をきいてねえっ。」

「えっ、そうだったの!?」

あれから数日たっているのに、口をきいてないって……それはさすがにどうなのよ！

「話、聞いてくれないの？　木南さんに避けられてるってことだよね？」

わたしがたずねると、嶋村くんはうっと口ごもった。

「……いや。」

「え、だって今、口をきいてないって……。」

「だから……。それは……。おれが、声を、かけてねえってことだ。」

「はっ!?　あれから、一度も!?」

「だってよ！　どんな顔して木南と話せばいいのかわっかんねーんだよ！」

「なーにそれ！」

あっきれた！　というか嶋村くんは、またそんなことをやっているのか。話もしないで、誤解なんてとけるわけがない。

「で、でもよ。木南なら、おれがなにも言わなくても、そのうち表情とかから察してくれると思うんだよ。だからおれはいちおう、『誤解されてつらい』って顔をするようにはして……。」

「はあー!?　なにそれ木南さんはエスパーじゃないんだからね！　表情から察しろなんて

無理に決まってんでしょ！」

「んなことねーよ！　木南はやさしいから、きっと……。」

「ああ、やさしい子だからね木南さんはっ！　だから、また嶋村くんに避けられてる、嫌われてるって思っちゃうかもしれないよっ。」

「えっ。それはさすがにねーだろ？」

嶋村くんは、口を片側だけ引きつらせるようにして笑った。ああ、ほんとうにこいつは。

「嶋村くん、美琴の言うとおりだ。きみは今すぐ木南さんの家に行って、誤解をといてきたほうがいい。」

そこで、猪上がわたしの意見に加勢してきた。

「目は口ほどにものを言う……なんていうけど、あれはよっぽどの深い関係と、長いつきあいができてからの話さ。伝えたいことほど、言葉にしないと伝わらないよ！」

「くっ……！　わりぃ。おれ、ちょっとぬける！」

嶋村くんはそう言い残すと、ぱっと身をひるがえして指導室を飛びだしていった。

おーはやい、はやい。あの調子で、木南さんの誤解がとけるといいんだけどね。

「はぁ～っ、こわかったー……。」

富田くんがしおしおとパイプいすにすわりながらため息をつく。

「本気の嶋村クンって、噂どおりの狂犬なんだね。トミタ、食われちゃうかと思った。

……で、さっきの話なんだけど、どう思う？」

そして、すぐにケロッとした顔でそんなことを言ってくるから、わたしはさらにあきれてしまった。

「どう思うもなにも、単に富田くんが鯖谷さんのことを好きになったってことでしょ。」

「はぇ!?　なに言ってんのぉ！　オレはべつに、鯖谷を好きになったり……してないぜ!?」

「どう見ても好きじゃん。ていうか、そのせいだと思うよ。思いきりギャグできない理由は鯖谷さんを意識してたからだと思うよ。ホントに気がついてないの？」

わたしがたずねると、富田くんはぽかんと口を開いた。

「オレが、あいつのことを……？　そ、そんなこと……。」

そして、ななめに宙をにらんでから、ハッとしたような顔をした。

「そうなのか!?　だからオレ……そうなのか!?」

どうやら、富田くんは、リアルタイムで自覚したらしい。

でも、今になって好きになられてもね。わたしはあきれながら頬杖をつく。

「おそいんだよね。もっと早く自覚してくれてれば、いろいろと話は早かったのに。」

「ねー。ちょっとタイミング悪すぎぃ。」

わたしの言葉に、久留米さんもうんうんとうなずく。

「そんなこと言われても!?　っていうか、みんなして、なんかオレに冷たくないっ？」

「それはしかたないと思って。みんな、富田くんにはちょっとうんざりしてるんだよ。」

だって、わたしたち、一時期そのためにものすごく必死でがんばっていたからね。

「え、なにそれ!?　めっちゃ、りふじーん！　もっとこう、さあ！　オレの相談にたいして熱くなってクレープ！　生チョコバナナクレープなんつってって！」

うわぁ、寒い……。ますますやる気がそがれるわ。

わたしが顔をしかめている横で、すでに久留米さんはファッション雑誌をめくっていた。

「まあまあ、ふたりとも、気持ちはわからなくもないが、もう少しやさしく対応してあげようじゃないか。彼もうちの委員会に救いをもとめにきた、相談者なんだよ？」

そこに、猪上がまた富田くんをかばうような発言をしてくる。

「ルールにもあるだろう。おれたちは必ず依頼を引き受けるし、引き受けたからには相談者の味方になる。これは鉄則さ。」

「そんなこと言われてもね。やる気が出ないもんはしかたがないじゃん。」

委員会が一丸となって、力になりたいと思った鯖谷さんのときとは、気分が大ちがいだ。どうして、同じような相談でも、協力したいと思える相手と、そうでない相手にわかれるのかな。

わたしがそんなことを不思議に思っていると、久留米さんもぐでっと雑誌の上にたおれこんだ。

「亜里沙も、なんかやる気出ない～。」

「ひ、ひどい！」

ガーンとショックを受けたような富田くんに、猪上はすっと近づいていく。そして、その肩をやさしくたたいた。

「だいじょうぶだよ。少なくとも、おれはきみを見すてはしない。力になるよ。おれはきみの、味方だ。」

「い、猪上クーン〜。」

「ふっ……。おれのことは、ルイルイ、と呼んでくれていいんだよ……。」

「ルイルーイ！」

　富田くんは両手を胸のまえで組み、目をかがやかせてさけんだ。なぜ。

　ついに男子まで、猪上の魔の手にかかってしまうとは……おそるべきカエルマジックだ。

07 失われた恋心はどこへ

「え？　富田のことか？　もう、まったくなんとも思っていないが。」

翌日、昼休み。

わたしは猪上にたのまれて、ひとりで二組の教室へやってきて、鯖谷さんをろうかに呼びだしていた。

あんまりやる気は出ないけど、委員会として受けてしまった依頼は放置もできないしね。

そこで、とりあえず今の鯖谷さんの気持ちを、代表で聞きにきたというわけだ。

ちなみに富田くんは、わたしたちがろうかに出てきたタイミングでさりげなく席を立ち、教室のとびらの内側に立って、こちらの話に聞き耳をたてている。

「あー……そっか。全然、まったくなんだ。」

「ああ。きれいさっぱり消去されたって感じだな。それがどうかしたのか？」

鯖谷さんはきょとんとしている。ほんとうに、不思議に思ったらしい。

「うん……。ほら、あれから数日たったし、どうなのかな、って思って。」

「心配してくれたのか。ありがとう。うちのクラスの女子たちも、みんな心配してくれたんだが、でも、ほんとうにだいじょうぶなんだよ。最近は新たに目標もできて、忙しいが充実もしているんだ。」

鯖谷さんはそう言うと、とてもきれいな笑顔を見せてくれる。

「へえ、目標？　どんなの？　って、聞いてもいいのかな？」

「ああ。じつは、ずっとふんぎりがつかなかったんだが、親のすすめもあって神戸にある私立中学を受験することに決めたんだ。」

「受験！　しかも神戸の中学！」

そうなんだ!?　わたしがさけぶと、富田くんの顔が、さっとこちらを向いた気がした。

どうやらそのことはまったく知らなかったらしい。

「それじゃあ、合格したら鯖谷さん、引っ越しちゃうの？」

「合格したら、というか。じつは、向こうに家が見つかり次第、すぐに引っ越すことになると思う。」

「ええっ！」

見つかり次第って……、場合によっては、けっこうすぐってこと？

わたしが絶句していると、鯖谷さんは苦笑した。

「というのも、うちはもともと両親ともにそっちの出身なんだ。それで、ゆくゆくは地元にもどりたいと思っていたみたいでね。わたしにすすめている学校も、自分たちの母校でね。難関ではあるが、とてもいい学校だからと。」

「そんなっ。それって、鯖谷さんの目標というか、ほとんどご両親の都合なんじゃない？」

自分たちの母校、って……。しかも、受験にかこつけて引っ越しとか……。

そんなのを受け入れて、鯖谷さんはほんとうにいいんだろうか。もちろん、仕事の都合でしかたない、というのならわかる。でも、この鯖谷さんの口ぶりなら、そういうことでもなさそうなのに。

「うん、そうだね。わたしも、少しまえまではこの町が好きだし、友人たちとはなれるのもいやだし、と、ずっと返事をできずにいたんだが……。でも、ふと思い立っていろいろ調べてみたら、その学校はね、ほんとうにいい学校みたいなんだ。部活動も充実しているし、英語教育にも熱心で、留学制度なんかもあるようだし。」

「留学……。」

「まだ合格してもいないのに、気が早いけどね。留学にはもともと興味があったから。」

「へえ……。そうなんだ。」

それじゃあ、今ではほんとうに自分の目標になっているんだね。それなら、わたしに言えることはそうそうない。

それに、目標ができた鯖谷さんは、まえよりキラキラかがやいているように見えた。そして、同時にはっきりした。

鯖谷さんはほんとうに、まったくといっていいほど、富田くんのことを引きずっていない。というよりも、今は、眼中にない。

わたしとしては、「すてきな目標ができてよかったね。がんばって！」と応援して、会話を終わりにしたいところだった。でも、でもだ。わたしは委員として、聞くだけのことは聞いておかないといけない。

「……あのさ、もし、もしもなんだけどさ。富田くんが、鯖谷さんのことを好きになったりしたら……どうする？」

わたしが声をひそめ、思いきってたずねると、鯖谷さんは大きくまばたきをした。それから、ぷっと吹きだすように笑う。

「はははっ！　だいじょうぶだよ結城さん、もうわたしは二度と、あいつに血迷うことはないよ。あのときのわたしは、いったいなんだったんだろうな。自分でも不思議なんだ。あはははは。」

「あ、あはは、はは。」

や、やばい。これはさすがに、富田くんも傷ついちゃうかな？

わたしは笑いながらチラッととびらのほうを見た。すると、あれ？　いない！　あいつ、いつのまに、どこ行った!?

きょろきょろしだしたわたしに、鯖谷さんが「どうした？」と心配そうにたずねてくる。わたしはあわてて首をふった。

「ううんっ。それより、わたしそろそろ行かなくちゃ。鯖谷さん、またね。話聞かせてくれてありがとね。」

「ああ、こちらこそわざわざ心配してくれてありがとう。」

「受験勉強がんばって！　応援してるから。」

富田くんをさがしていることを鯖谷さんにさとられないよう笑顔で手をふって、わたしはその場をあとにした。

ろうかを歩いていても富田くんの姿はなく、わたしはそのまま指導室まで来てしまった。

とびらを開けてみると、なかにいたのは猪上と久留米さんのふたりだけだ。

「おお、美琴！　お帰り。待ってたよ！」

「お帰り～。で、鯖谷さんの話、どうだったぁ？」

「それがね……。」

少し迷ったものの、富田くんをさがし歩くには昼休みの残り時間も短いしで、わたしはさきにふたりに報告をすることにした。

鯖谷さんは、もう完全に富田くんをふっきってしまっていること。

そして、今は神戸の私立中学を受験するという新たな目標に向けて、がんばっているらしいということ。

「そうか……。そういうことならしかたがないね。しかし、ほんとうにタイミングが悪いな富田くんは……。」

猪上は、うーんとうなりながら手をくんで、指導室の天井をにらみつける。

「もともとむずかしいケースだと思ってはいたんだけどね……。やはり、そうそううまくはいかないいね。」

「え、そう？　わたしは一度は好きになった相手なんだから、鯖谷さんも富田くんの気持ちを知ればどうにかなるんじゃないかなって思ってたんだけど。」

だからこそ、受験のことを聞いたとき、富田くんのことを言うのをちょっとためらったんだよね。もし、そのせいで鯖谷さんがまた気持ちをゆらして、受験勉強に集中できなくなったらかわいそうだなって。ま、その心配は全然なかったみたいだけどさ。

　わたしがそんなことを考えていると、猪上は首をすくめた。

「いやいや美琴。女子はね……一度かんぜんに恋心を喪失した相手にたいしては、ひじょうにシビアなんだよ！『なんで一時でもあんなのに血迷ったんだろう？』と冷めてしまった心は、ふたたび温まることなどまずもってない。おれはうすうすわかっていた……。現在、鯖谷さんが富田くんの想いを知ったところで、もう一度好きになってくれる可能性は、かなり低いだろう！　ってことはね。」

「えっ、そうなの……？」

　その猪上の言葉に、久留米さんはパチンと両手をうちならした。

「たしかにぃ！　女子ってー、わりとそういうとこあるよね。ふられてあきらめたのならともかく、自分から好きじゃなくなった場合はぁ、けっこうあっさり忘れちゃうよぉ！」

「そうなんだよアリリン！　よくネットなんかで、男女の恋愛観のちがいがこう表現されているね。『男は名前をつけて保存・女は上書き保存』ってね！　これは多くの女子にとって、過去の恋愛は新しい恋愛によって消されてしまうということをあらわしているんだね！　今回の鯖谷さんのケースは、新しい恋愛ではなく、受験という目標でしっかり上書きされてしまったともいえるかもしれないね。」

猪上は、うんうんと満足げにうなずいた。

「はぁ、なるほどねー。って、そう思ってたんだったら、あんなふうに依頼を受けちゃだめじゃない!?」

あのとき、富田くんに、そうはっきりと言ってあげるべきだったんじゃないか。

期待を持たせておいて、だめだと思っていたというのはどうなのか。

「いやいや美琴、たしかにむずかしいケースだが、可能性はゼロじゃないだろ？　おれは、富田くんがあきらめないかぎり、できるかぎりのサポートを……。」

「ひどいよ猪上クン……オレ、きみを信じてたのに……。」

猪上の言葉が終わるまえに、そんな声がとびらのすきまから聞こえてきた。

ハッとしてふりかえると、細く開いたすきまから、うらめしそうな富田くんの顔がのぞいている。

「富田くん！　そんなところにいたの!?」

「いろいろショックで……なぐさめがほしくて猪上クンに会いに五組の教室に行ったら、いなくって、ろうかに出たら、ちょうど結城さんが指導室に向かっていくのが見えたから……追ってきたのよ。」

富田くんはギャグのようなオネエ口調でいいながら、手にしていたハンカチのはしっこを、きいっと歯でかんだ。

「ひどい！　うそつき！　トミタの味方って言ったの、あれ全部うそだったのね！」

「ああ……！　うそじゃないさ富田くん！　おれは今もきみの味方さ。」

猪上はあせったように立ちあがり、とびらを開けて富田くんのまえにひざまずく。

「そんなふうにハンカチをかんではだめだよ。せっかくのきれいな赤いハンカチに……穴があいてしまうよ！」

「ぐすっ。平気よ。これ、ハンカチじゃなくて、ふんどしだもの。」

「げっ。」

「イヤー！　きたなぁぁい！」

久留米さんが金切り声をあげると同時に、ブッシュウウウウと白い泡がふきだした。

ちょ、それゴキブリ仕留める用のスプレーじゃん!?（※学校の備品じゃなくて久留米さんが虫が出たとき用にって持ちこんできたやつですが念のため。）

「ぎぇええー！　べたべたするぅ〜！」

「ああもう、そこで暴れないで！　ろうかの水道に行くよ！」

わたしは富田くんの腕をつかんで、指導室の外に出た。

洋服を泡まみれにしてしまった富田くんを洗う手伝いをしてやりながら、わたしは何度となくため息をついていた。

「富田くんさぁ、どうしていつもそんななの？　せめて、シリアスなときくらい、おとなしくできないの？　同情しようにも、同情できないんだけど。」

少しまえまで、わたしは富田くんのことをかわいそうだと思い、少しくらいなら力になってあげようか……なんて思っていたのにさ。本人がこんな調子だと、その気持ちも萎える。

「やる気が失われるんだよね、はっきり言って。」

ただでさえ、それほどやる気じゃなかったのに。

「そんなこと言わないでよ、結城さーん。もっとこう、オレを真剣に助けてよ〜。鯖谷の相談のときは、もっといろいろやってくれてたんでしょー？」

富田くんは、そんなことを言ってへらへらと笑う。

「だからっ、そういうこと言われると、もっとやる気なくなるの！」

「えー？　たのむよ、見すてないでよ〜。結城さんたちだけがたよりなのにぃ。」

「そう思うんだったらっ……。」

「まあまあ、美琴。富田くんは、さみしがりやさんなんだ。気持ちはわかるが、もう少しやさしくしてあげてくれ。」

さらにはりあげようとした声は、猪上のやわらかい声にさえぎられた。

水道をとめて、ふりかえると、猪上がタオルを二枚さしだしている。

「つかってくれていいよ☆」

「あ、ありがと。」

「えっ、いいのぉ!?　ありがと猪上クン！」

わたしたちはタオルを受けとり、手や服をぬぐう。胸もとをごしごしふきはじめた富田くんが、チラッと猪上を盗み見るように視線を走らせた。

さっきの猪上の言葉が気になっているんだろう。でも、あえて、つっこもうとしない。

だから、わたしがたずねることにした。

「さっきの、どういう意味？」

「ん？」

「富田くんが、さみしがりやって……。」

「ああ。それは、しばらく富田くんと接していてわかったんだ。」

猪上がそう言うと、タオルを動かしていた富田くんの手がおそくなった。

「富田くんはさ、ただ、なにも考えずにふざけているわけじゃなく、意思を持って受け答えをしているんだよ。人の注目を集めるように、自分に関心をよせてもらえるように。人の表情の変化や、対応にあわせて臨機応変に、いろんな手札をつかいわけてね。本来は、かなり頭のいい人なんじゃないかな。」

「えっ、それって、全部計算してるってこと!?」

「うーん、全部が全部じゃないだろうけど、かなりの部分はそうだと思うよ。それに、人を笑わせるっていうのは、案外むずかしいものだしね。」

「……やー、猪上クンはたいしたもんだなー。このオレっちの頭のよさに着目してしまうとは……。そうです！　オレ、じつは天才なんっす！　なんてね!?」

富田くんが、タオルで顔を微妙にかくしながら明るい声を出した。

「というのはじょうだんー。そんなわけないじゃん。オレは二組一のバカ者で通ってるんだぜ！」

「ふっ……。おれのまえではそんな強がり、言わなくていいんだよ、富田くん。おれはきみのそんなところも、すでに全部受け入れているからね。」

猪上がそう言いながら、富田くんの肩をたたく。

その瞬間、富田くんの笑顔が、微妙にかたまった気がした。そして、どこか引きつった顔で、軽口をたたく。

「……やだなぁ。猪上クンてば、まさかオレを口説こうってんじゃないよね。オレ、男よ

ん？」

「男も女も関係ないさ。おれは、富田くん。きみのことが好きだよ。」

猪上がウインクもどきをしながら言うと、富田くんは「ふはっ。」と笑った。

「やばい。男にそんなこと言われても、って思うのに、なぜかうれしいオレがいるー。」

そして、まるで自分にウケているように体をふるわせて笑いつづけた。その目の奥だけは、なんだか少し泣きそうに見える。

「……うちの親がさぁ、いっつもシカメッツラしてんだよね。仕事や家事でつかれてるんだかなんだか知らないけどさ、なんかずっとムスッとしててさ。」

ふざけたような口調で言ったけど、富田くんの声は真剣だった。

「オレんち、まだちっさい弟がいるんだ。その世話も大変だからしかたないんだろうけどさ？　だからさ、オレは強制的に笑わせてやることにしたんだよ！　でないと、みんなつまんないだろぉ!?　せっかく生きてんのに、ムスッとしてたらあほらしいじゃん！」

それを聞いて、わかった。

そうか、富田くんは、富田くんがふざけるのは、まわりの人の笑顔が見たいからなんだ。

それと同時に忙しそうで、自分に関心がなさそうな人を、笑わせることで自分のほうに向かせたい。そう思っていたのかも。……猪上が、「富田くんはさみしがりやだ。」と言ったのは、きっとそういうことだ。

自分を見てほしい。

できれば笑顔で。できなければ怒っていてもいい。とにかく、自分を見てほしいって。だけど。

「だけど……、だからって人に迷惑をかけるのはだめだよ。富田くんがほんとうに頭のいい人なら、そのへんもちゃんと考えられるんじゃないの？」

さみしいということを、それを解消したいという感情を、わたしは否定できない。それはわたしのなかにもある感情だからだ。けれど、だからってなんでもゆるされるというわけでもないだろう。

「そろそろ少し、大人になってもいいんじゃない？　二組の男女がもめているのも、もとはといえば、富田くんのせいなんだよ。」

わたしが指摘すると、富田くんはだまってしまった。たぶん、バカを装いつつも、自覚はあったんだろうね。

「でなくちゃ、少なくとも鯖谷さんにはふりむいてもらえないよ。鯖谷さんは、もう富田くんよりだいぶ大人になっちゃったんだから。」

「………。」

「まあ、まあ、美琴。気持ちはわかるが、富田くんの注目をあびたいというその欲求は、悪いことばかりでもないと思うんだよ。」

富田くんがだまったままうつむいてしまうと、猪上が両手を広げて富田くんをかばう。

「悪いでしょ。自分の欲求だけを押しつけてるんだから。」

「たしかにそういう部分はおれもいけないと思うよ。しかし、富田くんはその欲求を、人を笑わせるということでかなえようとした。それは、とてもすてきなことだと思う！」

いろんな方法があるなかで、それを選択したということは、富田くんは人を楽しませることに喜びを感じる人だから。と猪上がつけ足すと、富田くんは少し照れた顔になった。

「猪上クン……ありがと。」

「礼にはおよばないよ。ほんとうのことだからね☆　きみがはじめのうち、鯖谷さんにとくにちょっかいを出したのは、きっときみのご両親に鯖谷さんを重ね合わせていたところもあるんじゃないかな。」

「そういえば……、鯖谷がとなりの席になったとき、なんかムスッとしてて、うちの親みたいにつまんなそうな感じだったから、『よし、こいつをめっちゃ笑かしてやろう。』って決意した気がする。」

富田くんは、今そのことに気がついたみたいだ。

そうか、そうだったんだね。

そういう意味では、富田くんにとって鯖谷さんはもともと少し特別だったんだ。本人は無自覚だったかもしれないけど、富田くんは鯖谷さんに笑ってほしかったんだ。笑って、自分を見てほしかったんだ。

「……このこと、鯖谷さんに話してみたらどうかな。」

話を聞いているうちに、わたしは、そんな気分になった。富田くんの気づきを知ったら、鯖谷さんの心も揺らぐかもって。

「富田くんのことを、あらためて考えてくれるきっかけになるかもしれないよ。ねえ、富田くん、話してみたら？」

わたしがそう提案した直後、ろうかにキーンコーンカーンコーンと、チャイムがなりひびいた。

「あっ、やばい。これ、予鈴じゃない⁉」

「そうだね！　しまったな、急いで教室にもどろう。今の話の続きはまた放課後にでもしよう。」

わたしと猪上があわてると、富田くんはにっと笑った。

「いやー、もういいや！」

「えっ……。」

「オレ、なんかさ、満足しちゃった。だから、もういいよ！　ふたりとも、サンキュね！」

「ちょっと待ってよ、富田くん。ここでやめたら、また……。」

おぼろげに見えていた糸口が、見えなくなってしまいそうだ。

「結城さんの言うとおり、オレも、そろそろ大人にならなきゃじゃん～。あ～もう午後の授業始まっちゃうぅ！」

富田くんはわたしの話を聞いちゃいなかった。そして、「タオルは洗って返すぜ！」と言いながら、富田くんは両手を広げ、ろうかをかけぬけていったんだ。

08 大人になるということ

その日の午後、わたしは考えて、考えて、考えまくった。

富田くんは相談者だ。だけど、鯖谷さんの今後のことを考えたら、富田くんが、自分からあきらめてくれたらな……って思ったりもした。

それでそのとおりになったわけだけど、でも……、考えるとなんかもやもやして。

「ああああっ、頭がぐらぐらする！」

「えっ!?　なっ、なあに結城さんっ。」

そんな声が返ってきておどろきながら顔をあげると、「もしかして、先生の授業どっかまちがってた!?」と言いながら、景子先生がふるふるしていた。しまった。授業中だった。

「……いえ。すいません。ちょっとぼーっとしていただけです。」

わたしが頭を下げると、景子先生はほっとしたようだった。

「そうなの。それならよかったわ～。……って、ぼーっとしていたのっ？　先生の授業がつまらないってこと!?」

ひどいわぁ！　と、景子先生が教卓につっぷしたので、わたしはあわてる。

「そんなことないですよ！　すいません、ちょっと体調が悪かったんです。景子先生じゃなく、わたしの責任です！」

「あらー！　それは大変じゃないっ。結城さん、保健室に行ってきなさい。ねっ。」

「いえ、それほどでもないので、だいじょう……。」

「いいから！　結城さん、午後はずっとこわい顔していたし、自分で思っているより具合が悪いんだと思うわ〜。ね、行ってらっしゃい。」

景子先生に強くすすめられて、わたしはついに断りきれなくなった。


教室を出ると、ろうかはしんとしていた。

わたしは小さく息をついて、なるべく音をたてないようにろうかを歩きだした。

二組のまえを通ると、「えー、ふがっ。ここの公式は、大事なので、覚えましょう……ふがっ。」と、おじいちゃん先生の声が聞こえてきた。

あはは、鯖谷さんのものまねと同じだ。

わたしは小さく笑ってから、あれっと思う。

やけに静かだな。富田くんはさわいでいないんだろうか。

わたしは足をとめて、じっと二組の教室のかべを見つめる。どうにかなかをのぞけないものだろうか……でも、とびらを開けたらさすがにバレるよね。

しばらくなやんだすえ、わたしはしゃがみこみ、教室の下にあるはきだし窓からなかをのぞいてみた。

……だれかの足しか見えない。

そりゃそうか。そう思って、立ちあがろうとしたときだ。

「富田、富田ぁ、あれやってくれよ。このまえ見せてくれた新ギャグっ。」

男子の声がぼそぼそと聞こえてきたんだ。

「なぁ、はやく！　じいちゃんがむこうを向いてるうちに！」

どうやら富田くんの悪友が、富田くんをたきつけているらしい。けれど、それにこたえる富田くんの声は聞こえてこなかった。

「……だめだよ。富田、寝てんじゃん？」

「そっちから、ペンでつっついてみろよ。富田がノリ悪いとつまんねーよー。」

「こっからだととどかないんだよ。位置的に鯖谷がジャマで〜。」

ぼそぼそ声が、よからぬ相談をしている。ていうか、鯖谷さんがジャマとはどういうことなのよ、まったく！

わたしと同じことを二組の女子も思ったのだろう。男子に文句を言う声が聞こえてきた。

「ちょっと！　男子たちいいかげんにしてよね！」

「そうだよっ。いちばんの元凶がせっかくおとなしくしてるのに、あんたたちもおとなしくしなさいよ！　これだから男子は……。」

「はぁ？　なんだよ女子。うっせーな。」

「んべろべろべー。」

あきらかな挑発に、教室中の女子たちがいらだったのが空気でわかった。

二組の男子と女子は、授業中にもかかわらず、今にも大戦争を始めそうな殺気を放っている。

そのときだった。

「なあ、そろそろ、みんなもうやめにしないか……。」

鯖谷さんが困惑したような声をあげた。

「いつまでも対立していても、双方にいいことがないし。」

すると、男子と女子両方の怒りのほこさきが、一瞬にして鯖谷さんに向かっていく。

「なに言ってるの、貴美ちゃん！」

「そうだよ！　なに他人事みたいに言ってるのっ。まえみたいに、先頭にたって、男子に注意してよ！」

「あー、女子うぜー。ヒステリックババー集団。」

「男子がうるさいのがいけないんじゃん！」

「だ、だからみんな、少し落ちついてくれ。」

「あのね貴美ちゃんっ！　もとはといえば、みんな、貴美ちゃんのことで、男子に怒ってるんだよっ。」

「そうだよ！　富田くんに傷つけられた貴美ちゃんのために、わたしたち女子は怒ってるんだよ！」

「そ、そうなのかっ？　だが、それなら、もう怒る必要はないじゃないか。わたしはもう、富田に対し、怒っていないし……。男子たちにも、もうあまり腹がたたなくなったたから。」

鯖谷さんが言ったとたん、教室内はさらにヒートアップした。

「なにそれ！　どうしてそんなこと、きゅうに言いだすのっ。もう転校しちゃうから、関係ないってことっ？」

「そういうことじゃない。そもそも転校に関しては、わたしだってできるなら卒業までこの学校にいたいと思っていたんだ。だが、親の意向でしかたなく……。」

「親の意向？　ほんとうにいやなら、そんなの説得すればいいだけじゃん！　貴美ちゃんは、親の意向とわたしたちと、どっちが大事なのよ！」

「いやっ、それは、どっちが大切とか、くらべられることじゃないと思うんだが！」

「いいよもう。貴美ちゃんは結局、わたしたちを見すてていくってことだよね。」

泣きそうな女の子の声のあとに、鯖谷さんが息をのんだような沈黙があった。

そのあと、ぼそぼそとだれかの声が聞こえてくる。

「なんかさぁ、そもそも鯖谷さんちって、すごい過保護なんだってね。」

「あ、知ってる。つぎの日着る洋服をさ、寝るまえに全部お父さんが用意してくれたりするんでしょ？」

「受験のために家を引っ越しちゃうのもそうだけどさ。甘いよね〜。甘やかされて育ったから、親が大好き〜。さからえない〜。みたいな？」

ちょっと、なによその言いかた……！

だれの声だかわからないけど、わたしは、教室のかべをけりとばしてどなりたくなってきた。自分の思うとおりに鯖谷さんが動かなかったからって、やつあたりもいいところだ。

親のことも、転校も、今持ちだすようなことじゃない。

しかも事態は最悪な方向へ動きだす。女子たちが険悪になった状況を、男子たちが喜びあおりだしたのだ。

「おおっと、女子の同士討ちが始まりましたー！　鯖谷がフルボッコでーす！　なあ、どんな気持ち？　鯖谷ぁ、今どんな気持ちっ？」

「ち、ちがうんだ、わたしは……受験と、親の、ことは……。」

「鯖谷、泣くか？　泣きだすか！」

「ねえちょっと！　男子はだまっててよ！」

「いやでーす！　だまりませぇぇーん！」

もう、がまんできない！

わたしは立ちあがり、二組の後ろのドアのほうへ走った。授業中の他クラスに乱入なんて、どう考えても大問題だけど、これはもう見過ごせない。それに。

「この状況になってもまだ眠ってる（ふりでしょどうせ。）富田くんはなにをやってんだって話よっ！」

大いに腹をたてながら、教室のとびらに手をかけた、そのときだった。

「ふあーっと！　よく寝たぁ。みんな、おはよー。」

富田くんのすっとぼけたような声が、なかから聞こえてきたんだ。

「せんせー。すんませーん。オレ、寝ちゃってて、全然授業聞いてなかったんですけどぉ。もっかい最初から教えてもらえませんかー？」

「富田、おまえなに言いだしてんだよっ。」

「そうだよ！　いつもは富田がいちばんうるさいのに、なに言ってんの！」

富田くんの発言に、全員の怒りのほこさきが、富田くんのほうに向いた。けれど富田くんは体をくねらせ、とぼけたように言う。

「あはーん。みんなそんなこわい顔しちゃ、い・や・よ！　オレ、これから大人になることにしたからさ。これから、授業もマジメに受けちゃうぜ！　そしたら、もう女子ーズが怒る理由もなくなるだろ？」

「はあ？　そんなの信じられるわけ……。」

「ほんとよ、トミタ、今夢のなかでおつげを聞いたの。『トミタよ。おまえはこれからマジメになれ。さもなくば、八十年後、おまえは安らかに死ぬ！』って！」

富田くんのセリフに、思わずといったふうの笑いが起こった。

「八十年後って、十分長生きじゃん……。」

「しかも安らかって。」

「あれあれー？　みんなぁ、オレをバカにしてていいのぉ？　オレがまじめになったら、つぎにクラス一のバカの座にすわるのは、だれなのカナ～？」

その声を最後に、みんなの怒りがすーっと冷めて、あきれた空気に変わっていくのがわかった。ふたたびいすが動く音がして、それから教室内は熱が冷めたように静かになる。

そしてその後わたしが耳をそばだてていても、ふたたび二組の教室がさわがしくなることはなかった。

＊＊＊

帰りの会が終わったあと、わたしがあらためて二組の教室をのぞくと、鯖谷さんがすぐに気づいた。

「結城さん！」

そして、つかみかけていたランドセルから手をはなし、こちらに向かってきてくれる。

「どうしたんだ？　昼間、言い忘れたことでもあったのか？」

「うん。じつは、ちょっとね。少し、話したいんだけど、途中までいっしょに帰ってもいい？」

わたしがそう言うと、鯖谷さんはうなずいた。

「もちろんだ。それに、ちょうどよかった。わたしも、結城さんに少し聞きたいことがあって……。」

そして、すっと視線を自分の席のほうに動かす。その横の席にいた富田くんは、ランドセルを背負って歩きだすところだった。わたしが来ていることには気づいているのかいないのか、こちらを見ようとしない。

「だが、ちょっとだけ待っていてくれるか？」

鯖谷さんにそう問われて、いいよ、と答えると、鯖谷さんはわたしに笑みを返し、早足で富田くんに声をかける。

「富田！」

けれど、富田くんは立ちどまらなかった。まるで聞こえなかったとでもいうようなふりで（距離的には絶対聞こえなかったはずがない。）そのまま歩き去ってしまう。

「……やっぱりだ。あいつ、おかしい。今日の午後から、さらにおかしい……。」

鯖谷さんはつぶやくと、くるっとわたしのほうを向いた。

「なにかあったんだろうか。結城さんは、なにか聞いているか？」

「……わたしも、そのことで少し話したかったんだ。行こう。歩きながら話すから。」

09 タイミング

校舎を出てから、わたしは富田くんが昼休みに話していたことを、鯖谷さんに語った。

ほんとうは、言うべきかどうか迷ったんだ。

相談者がもういいと言っていたのに、言うのはちがうんじゃないかって思ったし。

だけど、あの盗み聞きしてしまった授業での富田くんが、少し、ほんの少しだけ、鯖谷さんのためにがんばっているように思えたから。

なんだか、富田くんのためになにかをしたい気持ちになってしまったんだ。

「——そうか、富田がどうしてあんなにふざけてばかりだったのか、ようやくわかったような気がするな。」

わたしの話を聞くと、鯖谷さんは静かにつぶやいた。そして、ふっと楽しげな笑みをうかべる。

「わたしはあれからずっと、自分がどうして富田のことを好きになったりしたのかと不思議に思っていたんだが……今、わかった気がする。富田とわたしは、正反対だからだ。」

「正反対？」

「ああ、わたしはひとりっ子だし、家の親はとてもしつけにきびしいんだ。富田の家とは反対に、わたしは幼いころから、いつも親に、じっと監視されているようだった。結城さんはほめてくれたが、この話しかたも、男のようなふるまいも、ほんとうは好きじゃない。」

「え、そうなの!?」

「ああ。だが、わたしは好きじゃないなどと、父親に言えるような環境ではなかったんだ。言えば、ひどく不機嫌になるからね。それがわたしはとてもいやで……わたしはいつしか、父親が望むような態度を、返事を、先まわりして考えながらするようになっていた。親から見て、はずかしいふるまいをしないように。人からは家の親は過保護だとか、甘やかされているとか言われるし、わたしもじっさいそうなんだと思っていたが。だが……、正直なところ、わたしはいつも息がつまっていた。苦しかった。」

なるほど、それはたしかに正反対だ。

富田くんは、親から注目してもらいたかった。鯖谷さんはおそらく、親の目をのがれたかった。ってことになる。

「けれど、わたしはそれを、当然だと思っていたところもあるんだ。わずらわしいと思いながらも、しかたのないことなんだと。世の中の人は、みな親や大人にはさからえない。そういうものなのだと思っていた。だから、富田に出会ったときにはとてもおどろいたし、腹がたったんだ。」

「ああ……、それは、そうだろうね。」

たしかに、そういうきびしい親のもとで育った鯖谷さんにとって、富田くんのいいかげんさやふざけっぷりは、理解できないものだっただろう。

鯖谷さんはにっこり笑い、だが、と言った。

「おそらく、そこにはたぶん、嫉妬やあこがれの感情もあったんだと思う。自分にはとうていできないようなことを、やつは自由にしているんだものな。だから、富田がわたしを好きかもしれないと思ったときには、自分でもおどろくほど一気に意識して、そのまま好きになってしまったんだと思う。」

　わたしも、それを聞いてようやく鯖谷さんのほんとうの気持ちにふれたような気がしていた。意識されたから、意識してしまった、なんて単純な話じゃなかったんだね。

「……しかし、不思議なものだ。わたしが無意識にあこがれていた部分がなくなってから、それに気がつくなんて。」

　鯖谷さんは苦笑してこちらを向いた。

「わたしも大人になったし、人のことをとや

かく言える立場じゃないのにな。でも、あいつが大人になってしまうのは……なんだかさみしい気がする。」

　それきりだまってしまった鯖谷さんの長めの前髪を、風がゆらしていった。細められた目が、遠くを見るような色にそまる。

　それを見ていたら、わたしはなんだかたまらない気持ちになってきた。

　ほんの少し、だったんだ。

　タイミングが、ほんの少しだけでもずれていれば、鯖谷さんと富田くんは、きっと心を通わせることができたんじゃないの？

　もっとも、はじめはかんちがいから始まった恋だったかもしれない。でも、そんなこと、どうだっていいよ。このふたりは、それぞれの欠けたところを埋めるためのパーツを、それぞれが持っていたってことなんだから。

　そんなことって、そうそうあることじゃないじゃない。

「ねえ、鯖谷さん、やっぱり富田くんのこと、もう一度考えられない？」

　そう思ったら、わたしはがまんできなくなっていた。

「結城さん……？」

「わたしがこんなこと言うの、ちがうって思うよ。でもさ、富田くんは、今、鯖谷さんのことを好きになってるんだ。ちょっとおそかったけど、今は鯖谷さんのこと好きになったみたいで……。」

「ちょ、ちょっと待ってくれ！ それは……いや、そんなことを言われても、今は。」

「ごめん、待たない！ 鯖谷さんがもう、富田くんのこと好きじゃないのはわかってるよ？ だけど。」

ほんの少しだけでも、富田くんにチャンスをもらえないだろうか。

鯖谷さんのために、大人になろうとしている富田くんのために。授業中も、いろいろ考えてやっていたらしい富田くんのために。

でも、鯖谷さんは困ったような顔をするだけで、うなずきはしなかった。

「……いや、すまないがそれは無理だ。両親もわたしが受験を了承したことをすごく喜んでいるし、引っ越し先も探しはじめている。こんなときに、富田のことまで考えるゆとりはないよ。」

それに、もうすでに一度決めたことだから。と、鯖谷さんはつぶやいて、わたしに頭を下げた。

なんだか、わたしがふられたみたいな気分だ……。

鯖谷さんとわかれて、そのまま家に帰る気にもなれず、わたしはなんとなく学校に引き返していた。帰りの会のまえに久留米さんに「今日は委員会に出ないで帰るから。」って伝言はしておいたんだけどね。

「はあ……人の心ってむずかしいな……。」

校門まえの坂をのぼりながらつぶやいたとき、ふと校門のところに見覚えのある後ろ姿を見つけた。そわそわと校門から顔をのぞかせては、ひっこめている、あのツンツン頭の男子は……。

「嶋村くん？」

「どぅわ!?　……なんだっ、結城かよ！　背後からいきなり声かけてくんなよな！」

危うく反射でぶんなぐるところだった……と言われて、わたしはぞっとする。

「ちょっと、声をかけたくらいでやめてよね！　ところで、こんなところでなにしてんの？」

そういえば、嶋村くんとは昨日指導室を飛びだしていってから、顔をあわせていなかった。あれから、結局どうなったんだろう。

「なにって……決まってんだろ！　木南を待ってるんだよ。」

「えっ、いっしょに帰る約束でもしてるの？」

「バッ……ちっげーよっ。そりゃ、いずれはって思うけど。」

嶋村くんは照れくさそうに鼻の頭をかいている。はいはい、なんか幸せそうでなによりです、はいはい。

「その様子なら、誤解はとけたんだ？」

「おー。ってても、ようやく今日になってな。道のり、長かったぜ……。」

「え、今日なんだ。昨日家に行ったんじゃなかったの？」

あんな勢いで飛びだしてったのに！　と、わたしがおどろくと、嶋村くんは顔をしかめた。

「いや、ちゃんと木南の家には行ったんだよ。けど、なかなかインターホンが押せなくてよ……、家のまえでグルグル歩きまわってたら、木南のかーちゃんが出てきて『このまえお見舞いに来てくれた子よね？　よかったらどうぞ。』ってなかに入れてくれた……んで、リビングで、紅茶とケーキ出してくれた。」

「え、なにそれ。じゃあ、昨日は木南さんのお母さんとふたりでお茶をのんできただけ？」

なにをやってんだろうね、嶋村くんは……。

「木南も部屋からおりてきたから、三人でだよ！　でもよ、そんな状態で、あの話なんてできるか？　できっこねーだろ！　だから、おれはだまって紅茶をのんで、ケーキをくって、ごちそうさまですっつって、席を立った。」

「やっぱお茶だけして帰ったんじゃん！」

「話はまだ終わってねえ！　帰りぎわ、木南のかーちゃんがおれと木南に、一冊のノートをくれたんだ。そしてこう言った。『直接話すのがむずかしいことがあるなら、このノートに書いてみたらどうかしら。』ってな!」

「えっ、それって……。」

ようするに、交換ノートってこと!? しかも、木南さんのお母さんがお膳立てって……嶋村くんの気持ち、親御さんにつつぬけってこと!?

まあ、嶋村くんがなにかを言いたそうで言えない様子でいたのを、単純に気づかってくれただけかもしれないけど……、それでも……。

わたしは考えるだけで自分がまっ赤になりそうなくらいはずかしかったのに、嶋村くんはあまり気にしていないようだった。そのうえ、どことなくほこらしげにうなずいている。

「そうなんだよ。さすが木南のかーちゃんだろ。やっぱ、やさしさは遺伝すんだな……。そしておれは、そのノートにあの日のことを書いた。あれは委員会で鯖谷の相談を受けて協力していただけの演技で、事故で、全部誤解だってことをな。」

「なるほど……。そして、それを今日木南さんにわたしたってわけね。」

「そーいうことだ。んで、ノートの最後に『今日の放課後、返事を受けとりに校門で待ってる。』って書いておいたんだ。だからおれはこれから、木南からノートを受けとろうと思っていたところで……。」

そのとき、校舎のほうからパタパタと木南さんがかけてきた。

「しっ、嶋村くんっ、ごめんね。教室でノートの返事を書いてたら、おそくなっちゃって……あ、結城さん！」

「やっほー、木南さん。」

わたしが手をあげてあいさつすると、木南さんはにこっと笑った。

「ふたりで待っててくれたの？」

「あ、ううん。わたしは通りかかっただけだよ。今、嶋村くんに自慢されてたとこだよ。交換ノートの話を。」

わたしがさらっと言うと、嶋村くんはぎょっとして、「じ、自慢なんかしてねーよ！」と言ったけど、はいはいって感じだ。

「ああ、うん！　そうなんだ。お母さんにすすめられて……昔ね、よく友だちとやってたんだよって。あ、これなんだけど。」

木南さんは息をはずませながらノートを取りだし、そしてわたしにさしだした。

「よかったら結城さんもこの交換ノート、いっしょにしてくれないかな？」

「え……。」

「えっ……！」

濁点つきの声をあげたのは、もちろん嶋村くんのほうだ。念のため。

「い、いいよ！　わたしはいいよ！　そんな、気をつかわないでっ。」

わたしはあわてて首をふったけど、木南さんは邪気のない、天使の笑みをうかべたまま首をかしげる。

「どうして？　気なんかつかってないよ。あのね、嶋村くんが書いてくれた委員会のお話が、とてもおもしろかったの。だから、もっとこういうお話、聞かせてほしいなと思って……。それでね、委員会のことだったら、せっかくだから結城さんのお話も聞きたいな～なんて。だからね、ほら、わたし、ここにも書いたんだけど……。」

そしてノートをぱらりとめくり、なんの抵抗もなく、自分の書いた返事を見せてくれてしまう。そこにはたしかに、木南さんの丸くてかわいい文字で『よかったら、結城さんとかもいっしょにできないかな？　そうしたらきっともっと楽しいと思います。』と書いてあった。あちゃ〜……。

「き、気持ちは……うれしいけど……。」

遠慮したいかな。おもに、となりからの殺気をさけるために。

わたしが微妙に目をそらすと、木南さんが、ハッとしたような顔になった。

「あ……ごめん、迷惑だったかな。あれから、結城さんと話をする機会があまりなかったから……クラスもちがうし、しかたないなって思ってたんだけど、このノートだったら話せるんじゃないかなって思いついたら、勝手にうれしくなっちゃって……。」

で、でもっ、こんなのめんどうくさいよね？　ごめんね、忘れて。と言われて、わたしはそのまま断ることなどできなくなった。

「そ、そんなことないよ！　わたしも、木南さんとはまた話をしてみたいなって思ってたんだよね。うわー、うれしいなー！」

「え、ほ、ほんとう？　迷惑じゃない？」

「全然迷惑じゃないよ！」

Lolipop

「わ〜。よかったぁ。あ、嶋村くんもよかったかな？　わたし、勝手にひとりでもりあがっちゃって。もしかして、嶋村くんは一回だけ交換のつもりだった……？」

木南さんに不安そうに聞かれても、嶋村くんに『勘弁してくれよ！　おれは永遠にふたりだけで交換していくつもりだったんだよハニー！』とか、猪上ばりのセリフを言えるだけの勇気があるはずもなく。

「い、いや……じゃねえ、けど。」

もごもごと、そう言うだけにとどまった。けれど、どこか不機嫌そうなままなので、木南さんはまた不安になったみたいだ。

「ほんとう？　あの、無理だったら、いいよ？」

結城さんが、わたしと、続けてくれるって言ってくれてるし……。と、言われて、嶋村くんはあわてた。

「やる！」

「よかったぁ〜……！　じゃあ、これからもよろしくね。あ、わたしこれから塾があって少し急ぐから、さきに行くね。それじゃあね〜。」

木南さんはうれしそうに手をふると、ランドセルをかたかた言わせながら去っていってしまった。

＊＊＊

わたしが指導室へ行くと言ったら、負けた試合直後のボクサーみたいにうちひしがれながらも「おれも……行く……。」と嶋村くんが言うもので、ふたりで校内にもどった。指導室のまえのろうかにつくと、なかからやけににぎやかな声が聞こえてくる。

「あれ？　猪上と久留米さん以外に、だれかいるのかな……。」

「新しい相談者か？　でも、それにしちゃずいぶんさわがしいよな。」

というか、このさわがしっぷりには、若干一名心当たりがある。

ふたりで顔を見合わせてから、ガラッととびらを開く。すると、なかにいたのは案の定、半裸で三角のパーティー帽をかぶった富田くんだった。

富田くんは不思議な感じのダンスをおどっていて、とびらの開いた音に反応したのか、くるっと身をよじってわたしたちを見る。

「おっ！　結城さんに嶋村クンじゃん、いらっしゃい！　ようこそパーリィナーイ！」

そう言いながら、富田くんはつまさきでくるくるまわる。

いや、いらっしゃいって……。富田くんは相談者でわたしたちが委員だったはずだよね。それに、パーティー『ナイト』じゃ夜だからね。と、わたしは心のなかでつっこむ。

そして、部屋の奥で同じようにパーティー帽をかぶった猪上と久留米さんにシンプルにたずねた。

「……で、なにやってんの？」

「ははっ、見てのとおりさ☆　富田くんが、われわれとの出会いと、自らの大人への羽ばたきを祝してパーティーをしたいと言ったのでね、開催している！」

「このパーティー帽はぁ、色紙でくるくるーって、ルイルイが作ってくれたの♡　リボンもついてて、かわいいでしょっ？」

久留米さんは、うふっとぶりっこポーズをとってみせた。うん、まあ、久留米さんがかぶれば、たしかにそんな奇天烈ハットもそれなりに見えるけどね……。

ちなみに、猪上がかぶっていると、ゆかいなサーカスガエルにしか見えない。

「そんなものほしそうな顔をしなくても、ちゃんとふたりの分も作ってあるから心配ご無用だよ！　さあ、かぶったかぶった！」

「いや、いらないから！　……って、なんでわたしのやつだけ新聞紙の兜!?」

　ちょんっと頭にのせられたものをつかみとって、わたしはさけぶ。

「美琴には雄々しき武将のごとく、それが似合うと思ったのさ。と・く・べ・つ、だよ☆」

「そんな特別いらないから！　ちょっと嶋村くん、そのまっ黒のやつと交換して！」

「ふ、ふざけんな！　黒はおれのカラーだ！

ゆずらねえぜ!?」

「あははは！　さすがここの委員会のやつらはみんなおもしれーなっ！　ははははっ。」

富田くんはケタケタと笑いっぱなしでとても楽しそうだ。でも、正直今は笑ってる場合じゃないんだよね。

わたしはため息をついて、富田くんに声をかけた。

「楽しそうなとこ悪いんだけどさ、ちょっとマジメな話をしてもいい？」

「えーっ、マジメな話ってトミタいちばん苦手なタイプなんだけどぉ。どうしてもっていうならぁ、二年後にしてもらってもいーい？」

「いいから聞いてよ。というか、あやまらせて。わたしさっき、昼休みの話を鯖谷さんに話しにいったんだけど。」

富田くんが体をくねくねさせて言ってくるけど、わたしはあくまで冷静に返す。

「えー！　それ、どゆこと～！」

「それに、話はそれだけじゃないの。わたし、勢い余って、富田くんの今の想いも、鯖谷さんに言っちゃったんだ。ごめん。」

「ええっ……!?」

「なんか、鯖谷さんと話をしてたら、がまんできなくなっちゃって。事後報告になっちゃったけど、いちおう、本人には伝えておかなくちゃと思って。ごめんね。」

わたしが頭を下げると、鯖谷くんがほおに両手をあてて「ええーっ！」とさけんだ。

「でっ、でっ!?　それで、鯖谷はなんて言ってたのぉ!?」

「それが……だめだったんだ。もう一回考えてみてくれない？　ってお願いしてもみたんだけど、断られた。重ね重ねごめん。」

「ひぃー！　なにそれぇー！」

富田くんは、よろよろっとよろけて、そのまま床につっぷした。

「たのむよぉ！　そこまで話すんなら、責任持ってOKまで持ってってってくれなくちゃ～！そこであきらめて帰ってくるなんてひどすぎじゃなぁ～い！」

「はあっ？　なに言ってんの！　勝手に話したことはあやまるけど、それ以外はわたしの責任じゃないよね!?」

「わーん、結城さんが責任転嫁するよー！」

「どうどう、富田くん。美琴がいろいろごめんね。……だめだよ美琴、そういう大事なことを、勝手に話してしまっては……。」

「う……、それに関しては反省してるよ。ほんとうに。」

「うん。それならいいんだよ☆　それじゃ美琴、今の話はどういう流れでそうなったのか、おれたちにも、順を追って説明してくれないか？」

「そうだね。それじゃあ、ちゃんと話すね。」

わたしがいつもの位置のパイプいすに腰かけると、みんなも長机のまわりに集まってきた。

10 いさぎよく

わたしはまず鯖谷さんに、昼休みの出来事を話したってことをみんなに話した。

富田くんのことを、鯖谷さんにもっとちゃんと知ってもらいたかったってこと。

それと……午後、たまたま保健室に行くのにろうかへ出たとき、二組の教室を下からのぞいて、やりとりを聞いていたんだってことも。

「やだぁ、美琴ってば、そんなことしてたの～？　亜里沙、あのとき、ちょっとだけ心配してたのにぃ。」

授業中にぬけたことを知っている久留米さんは、ほおをふくらませてあきれ声を出す。

「え、そうだったの？　久留米さん心配してくれたんだ、ありがとう。」

意外に思いながらお礼をいうと、久留米さんはちょっと赤くなった。

「べぇつにっ！　クラスメートが保健室に行ったら、心配するのはふつうだしっ。」

「クラスメート、ね。アリリンは素直じゃないなぁ。」

猪上が首をすくめると、久留米さんはますます赤くなる。でも、めずらしく「やーん、ルイルイったら♡」とかいう返しもせずに、むすっとしたままだった。なんだろうかね。

「まあ、とにかく、それでね、鯖谷さんはそれを聞いて、自分のお家のこととかを話してくれたんだ。しつけのきびしいお家で育てられたってこととか――。」

そして、そういう背景があったからこそ、富田くんの自由なところに、嫉妬やあこがれのようなものを感じていたらしいっていうことも、話した。

最初は反発しかないと思っていたけど、自分ができないと思っていることをできてしまう富田くんのことを、心のどこかで感心していたらしいこと。だからこそ、たぶん一度は好きになってしまったこと。

それを伝えたとき、富田くんの目が一瞬、期待のようなもので光った気がした。

「それじゃ……！」

「でもね、鯖谷さんはやっぱり受験のことがあるから、もう一度富田くんのことを考えることはできないって。一度決めたことだから、って言ってた。」

だからこそ、あらためてそれを富田くんにつげるのはこくだと思ったんだけど、かくすわけにもいかない。それに。

「ただ、これはわたしが感じたことなんだけど、鯖谷さんは受験や引っ越しのことがなかったら、考えてくれた気がする。」

鯖谷さんは、「一度決めたことだから。」と、最後に念押しするみたいにわたしに言った。

それって、なんとなくだけど、自分に言い聞かせているような気がしたんだよね。そうでなければ、わざわざそんな言いかたをしなくてもいいと思うんだ。

「んー……。だとすると、受験をしないってことになれば、引っ越しもなくなって、もしかしてまだ望みあるかも、ってことぉ？」

久留米さんが首をかしげると、嶋村くんがうなずいた。

「だな。そういう感じなら、少しは勝ち目あんじゃねーの？」

「そうなんだ。だけど、それって鯖谷さんの新しくできた目標に、反するってことになるからさ……。せめて、鯖谷さんが受験を決意するまえに、話ができてればよかったんだけどね。」

結局これも、タイミングっていうことなのかもしれない。

それを考えると、つくづくタイミングの悪いふたりだ。

けれど、暗いムードになりそうだった部屋の空気をふりはらうように、猪上がぱっと立ちあがった。

「いいや、美琴！　まだおそくはないさ！　もちろん、鯖谷さんの目標や、受験そのものはいいことだと思うよ。けれどね、それは、引っ越さなくても可能なことじゃないか？」

「え、でも、そもそもご両親が受験をすすめたのはね、神戸に……。」

「それはご両親の気持ちであって、鯖谷さんの気持ちではないだろう！　この近くにも、留学制度がある学校や、そういう勉強のできる学校はたくさんある。引っ越しに関しては、鯖谷さんの交渉次第だ。そして、それは富田くん次第ということでもある！」

そこで猪上は、びしっと富田くんを指さした。

「安心してくれ富田くん！　きびしい道のりだが、きみはまだ、あきらめなくていい！

こうなったら、鯖谷さんの親御さんに直談判もありじゃないかな！」

「そっ……か。たしかにね。鯖谷さんの親さえ説得できれば、なんとかなるかもね！」

猪上の言うとおりだ。まだ、引っ越し先が決まるまで時間はある。

富田くんのがんばり次第では、状況をひっくりかえせるかもしれない。

けれど。

「いや〜それは無理かなぁ！　だってオレ、鯖谷の親に嫌われちゃってるしさぁ。」

富田くんは、そう言うとぽりぽり頭をかいた。

「へっ、そうなのっ？　なんでよ。」

「やー、じつは、五月の授業参観の日にさぁ、オレがその日のために開発したギャグをぶちかましたんだけどね？　それを見た鯖谷の親がめっちゃ怒ってさ〜、なんかすげー注意されたんだよね！　でも、オレっちめんどうだったから、変顔して逃げちゃったんだよ。」

そんなオレが鯖谷の親に会いに行ったりしたら、よけいもめるっしょ!?　と、富田くんはへらへらした感じで笑う。

「あっちゃー……。そんなことしてたの富田くん。でも、この際もめる覚悟で行くべきじゃない？　授業参観の日のこともあやまればいいんだし。」

「えーそんなの、トミタこわ～い。無理ぃ～！　結城さん、かわりに行ってきて～。」

「は!?　なに甘えたこと言ってんの！」

「え、だめ？　だめかぁ。んじゃー、しょうがないなぁ。」

ため息をつきつつ富田くんがうなずいたから、わたしはようやく腹をくったのかと思った。でも。

「うしっ、あきらめる！　なんか結局、タイミングが悪かったってことだね!?」

富田くんは頭の後ろで手をくんで、なげやりな笑いかたをした。

「終わり終わり！　オレはいさぎよくあきらめるッ！　だからぁ、しんきくさい話はやめて、こうパァーッともりあがろうぜっ。」

「は……？　ちょ、ちょっと待ってよ富田くん、ここであきらめるって……。」

わたしが食い下がろうとすると、横から嶋村くんが、さえぎってきた。

「本人がいいっつってんなら、いいんじゃねーの？　おれらだって、ひまじゃねーんだし。」

「あはっ、たしかにー♡　亜里沙のどかわいたからぁ、ジュース買いにいかな～い？」

「いいね～！　いこいこ！　ヒューッ！」

「あ、ちょっと、みんな……。」

嶋村くんも久留米さんも、そして富田くんも、そのまま指導室を出ていってしまう。話はもうすっかり終わったって感じになっちゃってるけど、いいのかな。

そう思っていると、ぽん、と後ろから猪上に肩をたたかれた。

「美琴、とりあえず今は、おれたちも行こう。」

「猪上っ、でもさ、ほんとうにこれでいいと思う？　わたし、あいつのあれは、いさぎよいとかじゃないと思うんだけど。大変そうなことから逃げただけだと思うんだけどっ。」

「そうだね。おれも、そう思うよ。」

「だったら……！」

今、なんとかしなくてはならないんじゃないだろうか。あとになって、やっぱりあのときこうしていればと、後悔するくらいなら。

わたしが食ってかかると、猪上はみょうにこわばった顔をしていた。

「美琴。彼を甘やかすのはもうやめよう。」

「え……、なにそれ。わたしはべつに甘やかしてなんか……！」

「いや、すでに甘やかしてしまったんだよ。富田くんが心のなかでこうしてほしいと思っていたことを、美琴は何度か無意識にしてしまっていたんだ。望まれていたことをした、という意味ではまちがっていないんだが……不思議だね。時として人は、その人のためになにもしないほうが、その人のためになることもあるのかもしれないね。」

　おれも、今回はじめてそれに気がついたよ。と、猪上はしみじみとつぶやいた。

＊　＊　＊

それから、ひと月ほどたった。

わたしは、ものすごくあのふたりのことに首をつっこみたかったんだけど、あえてぐっとがまんしていた。

猪上が言った「甘やかすのはやめよう。」という言葉が、ひっかかっていたからだ。

正直、その言葉の意味は、わかったようでわからない。

富田くんなんて、だれかが後ろからしりでもひっぱたいてやんないと、最後まで動かなそうな気がするんだけどな……。

とはいえ、わたしは富田くんを信じて、がまんしつづけた。この一か月、わたしたちはその間に依頼のあった、「校内でなくしてしまった、大事なペン」を探しまわったり、「人数がたりなくて大会に出られない囲碁クラブ」といっしょに子ども囲碁大会に出たりしながら、気を紛らわせていた。

ちなみに、ペンは教頭先生の机の引きだしから見つかり（すてられているものとかんちがいして、自分でつかっていたらしい。）囲碁大会は準決勝で負けてしまった。（でも、そこまで勝ち進めたのは、久留米さんのファインプレーのおかげだと思う。対戦相手の男子が久留米さんに見とれて、自滅してくれたからだ。準決勝は女の子相手だったからだめだったんだよね。）

そんななか、鯖谷さんの引っ越しの日が決まった。

わざわざ昼休みに、わたしたちに伝えにきてくれたんだ。受験する学校の徒歩圏内に、お家が見つかったって。

二週間後の金曜、授業が終わったあと、こちらをたつのだという。

それなら当日は駅まで見送りに行くね、という約束をしながら、わたしはがまんできず、それとなく富田くんのことをたずねた。

「このこと知って、富田くんはなんか言ってた？」って。すると、鯖谷さんは笑って首をふった。

「いや、とくになにも。最近は、あいつもおとなしくて、わたしが怒るようなこともないし、ほとんど話していないしね。」

それに、クラスの男子と女子のあらそいも、ほとんどなくなったらしい。

「いちばん激しくあらそっていたわたしたちが、おとなしくなったっていうのが大きいんだろうな……。みんな女子対男子の戦いだと思っていたが、もともとは、個人対個人だったってことなのかもな。」

鯖谷さんはそんなふうに言っていたけど、たしかに大きなケンカって、そういうものかもしれない。人は、自分のために怒るときより、だれかのためにって怒るときのほうが、激しい怒りになりやすいんだ。

わたしは鯖谷さんとの話のあいだに、ふと、そんなことを思った。そして。


あーあ、富田くんは結局一度も動かなかったのか……。


それだけを、ひどく残念に思ってしまった、引っ越し当日。

「なんだかなぁ……。やっぱり、わたしがもう少し動くべきだったんじゃないのかな……。」

荷物などを引っ越し屋さんにたのんできた鯖谷さん一家は、今日の夕方の飛行機で神戸に旅立つことになっていた。

そこで、わたしたち生活向上委員の面々は、約束どおり地元の駅の改札まで見送りにやってきた。けれど、鯖谷さんは同じく見送りにやってきた二組の生徒たちにずっとかこまれていて、なかなか話をするチャンスがない。

「富田くん、今日も来ないつもりなのかな。」

二組の子たちは、女子だけかと思いきや、案外男子も来ていた。

なんだかんだとおたがい話もしているし、どうやら冷戦は終わったらしい。それはよかったと思うけど、それなら肝心の富田くんが来ないのはなぜなのか。

「まさか、『見送りなんて女々しいこと、大人なオレはしないんだぜ。』的な感じで、来ないつもりじゃないでしょうね。」

わたしがため息をつくと、猪上が「なかなか鋭いな、美琴は！」と、わたしに指をつきつけてきた。

「富田くんは昨日、まさにそう言っていたよ！」

「え？　そうなの!?　猪上、富田くんに連絡とったんだ！　じゃ、ほんとに来ないわけっ？」

「いや、来るよ。おれは昨日、最後に一度だけはと思い、富田くんの家に行って話をしてきたんだ。そうしたら、彼は迷っていたが、最後には見送りにくると言ってくれたよ。」

「そうだったんだ……。じゃあ、今ごろこっちに向かってるのかな。」

「ああ。きっと今ごろ、こっちに向かってると思うよ！　だって今日をのがしたら、もう鯖谷さんとは会えないかもしれないんだからね。」

「結城さん！　久留米さん、嶋村くん、猪上くん！」

そこに、二組の子たちのかこみをぬけだしてきた鯖谷さんが、小走りで近づいてきた。両手にたくさんの餞別らしきものをかかえている。

「わざわざ見送りに来てくれてありがとう。すまなかったね。」

鯖谷さんはニコニコ笑って言ってくれたけど、目のまわりが少し赤くなっていた。どうやら、クラスメートたちとのやりとりで、少し泣いてしまったようだ。

「ううん。向こうでも元気でね。これ、わたしたちからの餞別。」

わたしが代表して、委員会全員からの寄せ書きをわたす。そして、自分が個人的に用意した本もいっしょにさしだした。

「よかったら、機内とかで読んで。おすすめのミステリーの短編集なんだ。」

「ああ！　それはうれしいな。読ませてもらうよ。」

「亜里沙は、これ〜っ。うちのパパのブランドの新作のポーチとハンドタオル。ふわふわのもこもこでかわいいって評判だよっ♡」

となりから、久留米さんも自社ブランドの紙袋をさっとさしだしてくる。

「わ……ほんとうだ、とてもかわいいな！　ありがたくつかわせてもらおう。」

「おれはこれをやる。」

嶋村くんは、駅の売店で買ったらしいガムと飴をさしだした。うーん、これはあきらかに、さっきあわてて用意したな……。

けれど、鯖谷さんはうれしそうに笑って受けとった。

「助かるな。しかもこのミント味のはわたしも好きなんだ！　ありがとう、嶋村くん。」

「ふふふ……っ、そして、これはおれからだよ！　きみに、愛と友情をこめて、とっておきのプレゼントさ！」

「ん？　これはなんだろう、薄い、本？」

鯖谷さんが猪上からのプレゼントの包み紙を取りさった瞬間に、絶句する。

中身は、フルカラー印刷のフォトブックだった。……猪上の自撮りの。

「いやぁ、まいったよ。この本にのせる写真を選定するのに、一週間もかかってしまった！　しかし、そのかいあって、すばらしいセレクションが完成したよ。ルイルイの春夏秋冬、ルイルイの朝昼晩、ルイルイのマル秘プライベートショットも満載さ☆　どうか遠慮なく、すりきれるまで見てやってくれ……！」

わたしは、鯖谷さんに片手をさしだした。

「わたしがかわりにすてておくよ。」

荷物になるし、ゴミをもらっても困るもんね。

自己犠牲の精神でそう言ったのに、猪上は前髪をふぁさっとかきあげながら、すっと同じ包みをもうひとつ取りだした。

「ふっ……。美琴。美琴がそう言いだすだろうって、おれにはわかっていたよ。鯖谷さんのものを無理やりうばおうとしなくても、だいじょうぶ。これは美琴のぶんさ。」

「やーん、ルイルイ、ずるぅい！　亜里沙もほしい！」

「はっはっは！　もちろんアリリンのものも用意してあるよ！」

「わーい♡　ありがとルイルイ♡」

「……鯖谷さん、一冊すてるのも二冊すてるのも手間は変わらないから、遠慮なくあずけてくれていいよ。」

ふたりのやりとりを無視して、わたしがもう一度手をさしだすと、鯖谷さんは苦笑した。

「いや、いいよ。せっかくだから、いただいていく。向こうでさみしくなったときや、落ちこんだときなんかに見たら、元気が出そうだ。」

「そんな気をつかわなくていいのに。……でも、魔除けくらいにはなるかもしれないか。」

あと、ベランダにつるしておいたら、変質者とカラスよけにもなるかもね。

「いや、ほんとうにうれしいんだ。みんな、ありがとう。」

鯖谷さんはわたしたちの餞別を、ぎゅっと胸のまえで抱きしめてくれる。そんなふうに喜んでもらえるとうれしいけど、なんだか切なくもなるね。

そこで、猪上があたりをきょろきょろ見まわしながらつぶやいた。

「しかし、おそいな。」

「ああ……。もしかして、富田のことか？」

鯖谷さんは少しまゆを下げて、苦笑するような表情になった。

「あいつのことなら、いいんだ。昨日、学校で『じゃあな。』と、別れを言ってあるしな。クラスメートや結城さんたちがこうして来てくれただけで、わたしは十分うれしい。」

「でも、富田くんは来るって言ってたんだってよ。」

「えっ。」

わたしの言葉に、鯖谷さんの目が、ふいにかがやく。

「そう、なのか？　やつがそう言って……ほんとうに……？」

「うん。猪上が昨日確認したって。ねえ？　猪上。」

「ああ！　彼は、きっと見送りにくるよ。」

「富田が……わたしの見送りに。」

鯖谷さんはそうつぶやくと、じわりとほおをそめ、ぎゅっと餞別をかかえる手をふるわせた。

……あれ？　なんだろう、鯖谷さんのこの反応。なんだか、まるで……。

あのとき、わたしが「もう一度考えてくれないか。」とたのんでから。

鯖谷さんは、もしかして心のどこかで、考えてくれたのかな？　そして、心が動いたのではないのだろうか。わたしは、なんだかそんな気がしてしまった。

「貴美～。そろそろ行くわよ。」

けれどそのとき、鯖谷さんのご両親が鯖谷さんを呼ぶ声がした。

鯖谷さんがふりかえり、わたしもつられてそちらを見ると、改札のまえにいたご両親からほほえみながら会釈されてしまった。わたしも、あわてて会釈を返す。

きびしいご両親って聞いていたけど、見た感じはやさしそうな人たちだ。もっとも、鯖谷さんの親だな〜と思うのは、ふたりともすらっと背が高く、どことなく姿勢がぴしっとしているところだ。

わたしが感心していると、鯖谷さんはもう一度わたしたちのほうを向いた。

「……もう行かなくちゃやだ。」

「ちょ、ちょっと待って！　まだ、もう少しだけ待てないっ？　もう少し待てば、富田くん来るかもしれないし！」

もしも、今鯖谷さんの気持ちが、少しでもまた富田くんにかたむいているのだとしたら。そして、富田くんが、なんらかの覚悟を持ってここに向かっているのだとしたら。

ここで会えずにさよなら、というのだけは避けたい！

「わたし、ご両親にお願いしてみるよ！　もう一本くらい電車ずらせないかって……。」

「いや、いいよ結城さん。むしろ、会えないほうがスッキリしていいのかもしれない。」

鯖谷さんはそう言うと、くるりとわたしに背を向けた。

「そのほうが、納得できる気がする。わたしとあいつは、結局すれちがうようにできていたんだ、って。だから、わたしは受験を決意して、よかったんだって……そう思える気がするから。」

「鯖谷さん、それって、後悔、してるってこと？　受験と、引っ越しのこと。」

わたしがたずねても、鯖谷さんは答えなかった。そして、いったん下を向いてから、またこちらに顔を向けた。

「していないよ。……それじゃあ、そろそろわたしは行くな。」

鯖谷さんはそう言って手をふると、改札のほうへ歩いて行ってしまった。

「鯖谷さん、まっ……。」

富田くん！　富田くんは来てないの？　まだ!?

あたりを見まわしてみても、富田くんの姿はない。駅まえにふたつある通路につながる階段も、通路にもたくさんの人がいるけど、富田くんの気配だけがない。

鯖谷さんは、改札まえであらためて二組のクラスメートにかこまれて、それから自動改札を通過していった。

人波にまぎれるようにして、ホームに続く階段のほうへ歩いていく。

早く！　早く！　もう、見えなくなっちゃうよ！

「富田くん、なにやってんのよー！」

思わずわたしがさけぶと、鯖谷さんが階段をおりるまぎわ、こっちを向いて笑ったように見えた。そして、そのまま鯖谷さんは階段の向こうに見えなくなる。

「行っちゃったじゃん……。」

わたしはなんだか力がぬけて、その場にへなへなとしゃがみこんでしまった。

結局、最後までタイミングはあわなかったってことなの？　と思うと、なんだかやるせない。

見送りを終えた二組の子たちが、ひとかたまりになって後ろを通過していく。

それでもわたしがしゃがみこんでいるのに、いつもなら「なにやってんの美琴、はやく帰ろうよぉ～。」と文句を言ってきそうな久留米さんも、なにも言わずだまって立っていた。

それから、一分くらいたっただろうか。

はあっ、はあっ、と荒い息をはきながら、富田くんがわたしたちのところへかけこんできたのだ。

「ルイル……っ、ゆう、きさっ。」

「富田くん……。」

「鯖谷、はっ……?」

富田くんはひざに手をつき、背中を大きく上下させながらたずねてくる。

「もう、行っちゃったよ。おそいよ！」

「う、うそだろぉ……どして、引きとめて、くれなかっ……。」

「はあ!?」

わたしはその瞬間、腹がたって、腹がたって、しかたがなくなった。

「なに甘えたこと言ってんのよ！　こんなときに、遅刻なんかすんのが悪いんでしょ!?」

タイミングが悪いとかどうとか、わたしが動けばどうにかなるだろうかとか、今までずっといろいろ思ってきたけど、そんなの関係なかった。

だって、同じような依頼だったけど、鯖谷さんのほうは、タイミングが悪いからってあきらめなかったよ。だから、わたしたちも全面的に協力したし、結果的に富田くんは鯖谷さんを好きになる、というミラクルも起きた。

でも、富田くんは放棄したんだ。

タイミングが悪いから。しかたがないからって。

「タイミングなんかじゃないんだよ！　そもそも、もっともっとまえから、自分で決心して、動きだせばよかったんだから！　今日だって、わたしたちをあてにしてぎりぎりに出てくるんじゃなく、もっと早く来るべきだったでしょ！　こうなったのは、全部、ぐずぐずして、結局間に合うように来られなかった富田くんの自業自得でしょ！」

わたしが泣きそうになるのをこらえ、肩で息をしていると、富田くんがゆっくり口を開いた。

「たしかに、そ、だよね。オレ、なんでもっと、はやく。」

それから、ぼたぼたと大粒の涙を落とした。もともと汗だくだったから、下に落ちるころには、まざってよくわからなくなっていたけど。

「でも、今日は、でがけに……弟がケガ、してっ。」

富田くんは、あえぐようにつぶやいた。

「親いなかったからオレが手当てして、から、急いでチャリに乗ろうとしたら、パンク、してて。」

「な、なにそれ……。」

「めちゃくちゃ走ったけど……でも、だめだったぁ～。」

そして、そのままわたしのとなりにずるずるとしゃがみこむ。

「それじゃ、今日は、今日だけは、ほんとうに。」

タイミングが、悪かったってことなの？　そんな、そんなことって。

わたしはあわてて富田くんのわきにしゃがみこむ。

「ごめん。知らなくて、責めるようなこと、言っちゃって。」

たぶん、さっきのは、やつあたりも混じっていたんだと思う。

わたしがもっと動いていたら、状況が変わっていたんじゃないかって。甘やかしと言われようとなんだろうと、自分が後悔しないように動いていたらよかったんじゃないかって。

そんなことを言っても、なんの解決にもならないのに、わたしは言いたかったんだ。富田くんのせいだって言って、なじりたかった。

「ごめん……。」

「ううん。結城さんが言ったことは、当たりだよ……。オレ、この一か月くらい、ずっと『タイミングが悪い』ってことにして、逃げてたんだと思う。じっさいに動いて全力でぶつかって、それでだめってことになるのが、こわかったんだ。」

富田くんはまだ涙がにじむ目を、ぐいぐいとこすりあげた。

「それに、猪上クンとか結城さんがやさしかったから、おれがいいよいいよって言ってるあいだに、だれかがなんとかしてくれるんじゃないかって、思ってた。……そんなことしてたから、ほんとうにタイミングの神さまに見放されたのかな。」

「富田くん……。」

ほんとうの後悔って、こういうものかもしれない。

もうあきらめた、とか言ってみたり、無意識にでも、ほかの人の力をあてにできたりするうちは、まだほんの少し可能性があるってことだから。それがなくなってはじめて、人はほんとうに後悔できるのかもしれない。

……待って、ほんの少しの可能性？

自分で考えた言葉に、わたしはふと疑問を感じた。

「もう、ほんとうに可能性はないのかな。地下鉄つかうとか、ちがうルートで追いかけてみたら、もしかしてどっかの駅で追いつけたりしないかな。」

「――待ってろ。今、ネットで調べる。」

わたしが言い終わるよりさきに、嶋村くんがスマホを取りだして、指先をすばやく動かしはじめていた。その思いがけない速さの対応に一瞬おどろきながらも、わたしは横から嶋村くんの手元をのぞきこむ。

「ありそう？」

「いや……ねーな。つぎの快速に乗るのが結局いちばん早そうだ。でも、それじゃたぶん間に合わねえ。あ、こっちの車のルートでなら、追いつけるかもしんねーぞ。」

「車か〜。でも車なんか、もっと無理だし……。」

わたしがつぶやくのとほぼ同時に、反対側から久留米さんの声がした。

「もしもしぃ？　パパ？　亜里沙ね、今お友だちの見送りで駅まで来たんだけどぉ、遅刻しちゃって……。つぎの電車じゃ、飛行機間に合わないしぃ、えーん、どうしよ〜。えっ、ほんと？　やーん、パパ大好き♡」

そして、わたしたちが見つめる先で、久留米さんはスマホの通話を切った。

「タクシー乗っていいって。高速もつかっていいから、行けるとこまで行ってみろって。」

「マジか！　すげーなおまえっ。よし、おれ外に行ってタクシーつかまえてくる！」

嶋村くんはそう言い残すと、ものすごい速度で走りだした。

わたしはふたりの連係プレーにおどろきつつも、うれしくなって富田くんをふりかえる。

「だって。よかったね！　わたしたちも早く行こう。」

「ちょ……ちょい待ち！　ここからタクシーって、いくらなんでもそれは！」

お金とか、オレ返せるあてもないんだけどっ、と富田くんがさけぶと、久留米さんが切れた。

「うるさい！　亜里沙がここまでしてやってんのに、ここでぐだぐだ言ってて間に合わなかったら、どうしてくれるの。いいから走れよ！」

「はっ、はいぃ！」

裏番モードの久留米さん（しかし、真実の姿はこっちだ。）にすごまれて、富田くんは背筋をぴんとのばして走りだした。

11 できないことをやれ

タクシーが空港につくと、会計をする久留米さんを残し、わたしと富田くんと猪上は一足さきに外に出た。（ちなみに、タクシーには嶋村くん以外の四人で乗った。後ろに三人、もうひとりが助手席にすわっても、どうしてもひとり乗れなかったんだ。嶋村くんは、いちおう電車であとからきてくれることになった。）

でも、例によって猪上は足が超絶おそいので、すぐに差が開いてしまう。

「おれのことは気にせず、行ってくれ！」

猪上がさけび、富田くんは「ええっ、でも……。」とか言ってたけど、毎度のことなので わたしはうなずく。

「当然っ。行くよ富田くん。」

「あ、お、おうっ。……いいのかな⁉」

「いいに決まってんでしょ。間に合わなかったら元も子もないんだから！」

わたしが遠慮なく走りだすと、富田くんもそれにならってついてきた。その後ろから、猪上の声が聞こえる。

「富田くん、行っておいで！　そして、きみはきみにしかできないことをしてくるんだ！　大人になんかならなくていい、なぜなら鯖谷さんが好きになったきみは――。」

けれど、全力で走るわたしたちに、最後のほうは聞きとれなかった。でも、だいじょうぶだよ猪上。あんたの言いたいことは、たぶん、富田くんにはもうわかってる。

わたしたちは、ほとんど転がるようにして、空港のなかにかけこんだ。

「国内線……出発ロビー……二階にあるみたい！」

「わかった！」

案内板の表示にそってエスカレーターをあがり、広々としたロビーを見まわした。いない。こっちにも、そっちにも、いない！

「もう、搭乗口のほうに行っちゃったのかな。」

わたしがつぶやくと、同じようにキョロキョロしていた富田くんが「あっ。」とさけんだ。

「いた！　鯖谷だ。鯖谷ぁー！」

「えっ、うそ！」

かたわらをかけぬけていった富田くんの視線の先には、手荷物検査をしている人たちの列があった。鯖谷さんのご両親は、ちょうど検査を終えて通ったところらしく、ついたての向こうにいる。でも、鯖谷さんはまだ、ぎりぎりこっち側にいた。富田くんの声を聞いて、はっとしたようにこっちを見ている。

間に合った！　ぎりぎりで、間に合った！

「鯖谷ぁっ！」

「富田、どうしてここに……。」

とつぜん目のまえにあらわれた富田くんに、鯖谷さんはおどろききっていた。後ろにいたわたしのことは気がついていないみたいだったので、わたしはあえてそこで立ちどまる。せっかくだから、ふたりにしてあげたほうがいいだろう。

「駅に、行ったけど間に合わなくて……だから、タクシーでこっちに来た。」

「タクシーで!?　でも、そんなのどうやって……。」

「みんなが協力してくれた。お金もすごくかかってるし、それはいつかちゃんと返さなくちゃだ。だからさ、オレ、決めたよ。お笑い芸人になろうと思うっ！」

「え……!?」

その宣言には、鯖谷さんもびっくりしたみたいだけど、わたしもびっくりした。

いや、お笑い芸人が悪いとかじゃなくてね？　なんで、今それを、って！

でも、富田くんはなんだかほこらしそうに胸をはっている。

「そんで、いずれオレも関西に行くから！　やっぱ、お笑いといったら、大阪が本場じゃん!?　なんか、そういう学校とかもあるみたいだし！」

「……お笑いの学校なら、都内にもあると思うが……。」

鯖谷さんがこんわくぎみに答えると、富田くんは「そうなの!?」とおどろいていた。いや、それくらい、わたしでも知ってるけどさ……。

「でも、いいんだよ！　オレは、関西のお笑い学校に入るんだから！」

「そ、そうか……。まあ、富田がそうしたいと思うのなら、好きにしたらいいんじゃないか？　その……がんばってくれ。」

「なんでそんな他人事みたいなこと言うんだよぉ！」

冷たすぎだろーっ、と富田くんは大げさにさけぶ。

「なんでオレがわざわざそんな夢持つことにしたと思ってるんだよぉ！　おまえが神戸なんかに行くから、だからだろー!?」

「えっ……。」

そこで、鯖谷さんはようやく気がついたらしい。富田くんのこれが、彼なりの告白なんだってことを。

わたしは、ハラハラしながらなりゆきを見守っていた。

鯖谷さんは、富田くんの告白に、いったいどうこたえるんだろうか。わたしの見立てでは、可能性はゼロじゃない、という感じだった。けど、でも、だからといって、鯖谷さんもすでに富田くんをふたたび好きになっているのかと聞かれたら、わからない。

「わたしが神戸に行くから、関西に行きたい……そういうことか？」

鯖谷さんの問いに、富田くんはこくっとうなずいた。

「そして、関西に行く理由になる夢イコール、お笑い芸人、ということ、なのか？」

さらにそう問い、富田くんはまた、真剣な顔でうなずいた。

鯖谷さんは「そうか……。」とうなずいてから、ゆっくりと口を開く。

「それは……だめだろう。夢というのは、そんないいかげんに決めてはいけないと思う。もっと、自分の心としっかり向き合って、ほんとうになにがしたいのかを考えたほうがいいんじゃないか？」

も、ものすごくまっとうなダメ出しが来たー！

わたしは、そうさけびそうになるのを必死にこらえていた。いや、わかるけども！　鯖谷さんの言ってることは、ものすごく正論だしね！

でも……。

「いいんだよっ！　だってさ、それがオレじゃん！」

富田くんが、あっさり言いきった。なんだか、開きなおったみたいに生き生きした瞳で。

「好きな女の子をふりむかせたいからお笑いやる。それのなにが悪い!? 自分がそうしたいって思ってんだから、いいじゃん!」

「と、富田……おまえ。」

「オレは世間のじょーしきとか、そんなのぶっこわして、どんなやつもみんな笑わせるような芸人になるんだ! おまえ、オレがテレビ出るようになったら、うかつに牛乳のめないぜっ? いつ吹きだすことになるかわかんないからなっ。はははー!」

「なにをまた子どもみたいなことを……。少しは大人になったと思っていたのに、結局中身は全然変わっていないのか。」

鯖谷さんはあきれたように言い、ため息をついた。

けれど、富田くんはそこでめげなかった。いたずらっ子みたいに瞳をかがやかせて、鯖谷さんに笑いかける。

「あっれー? でもさぁ、鯖谷はそんなオレの、やりたいことをやりたいようにやっちゃうところを、好きになってくれたんだっしょ!?」

「そっ……、それは、過去の、一時の気の迷いであって……。」

「そんじゃ、もっかい迷ってよ！　オレ、また鯖谷をおどろかせるようなこと、やってみせるからさ！」

富田くんはそう言うと、いきなりがばっとかがみこみ、鯖谷さんの足にしがみついた。って、なにしてんのこいつ！　こんな、大勢の人のいるところで！

「鯖谷、たのーむ！　オレと、つきあってくれぇ！」

しかも、すがりつきながら、そんなことをさけんだ。ついたての向こうで、鯖谷さんのきびしいご両親が見てるのに！

「な、なんだと!?」

案の定、鯖谷さんのお父さんらしき人が、声を裏がえしてさけぶのが聞こえてきた。

「覚えているぞ、おまえのその顔っ……！　あの、授業参観のとき、さわいでいたろくでもないやつだな……！」

うわ～……そして、ものすごくキレていらっしゃるよ。

鯖谷さんもあまりのことに、おどろきかたまっていたけれど、さすがに自分の父親の声

に、われに返ったようだ。

あわてたように、父親と、富田くんを交互に見ている。

「そんなやつの言うことに耳を貸す必要はないっ！　はやくこっちに来なさい貴美！」

「お、お父さん、ちょっと待っ……。」

「なあ、鯖谷っ、いいだろ？　いいって言ってくれよん！　ビッグなお笑い芸人になったら、鯖谷のことちゃんと迎えにいくし！」

「と、富田っ、わ、わかった！　わかったから……。」

「ふ、ふざけるな！　きさまのようなやつに、だれが大切な娘をやるか！　そもそも、小学生で男女交際？　そんなこと、絶対に許可せんぞ！」

「おとうさーん。そういう押しつけ、古いんじゃないっすかね？」

「だっ、だれがきさまのお父さんだ！」

貴美、はやくこっちに来い！

鯖谷さんのお父さんはカンカンに怒ってこっちに来ようとして、ゲートの係員にとめられている。

それを見て、はっとそっちに向かいかけた鯖谷さんの足首を、富田くんがふたたびつかみなおした。

鯖谷さんはふりかえり、ふたりの目があう。

そのとたん、鯖谷さんはふっと肩の力がぬけたみたいに苦笑した。

「……まったく、富田、おまえはとんでもないやつだな。」

「へへ。でも、じつは足とかガクガクなのよん。一生分のハッタリつかいきった感じぃ。」

富田くんがふざけて言って、鯖谷さんは吹きだすように笑う。

「うちの親はきびしくてな、そもそも学生のうちは、男女交際などしてはいけないと言われているんだぞ。」

「でも、鯖谷だって、いつまでも親のいいなりでいるわけじゃないだろ?」

「……そうだな。」

鯖谷さんはそう言うと、富田くんに手をさしのべた。富田くんがその手をつかんで立ちあがると、手をつないだ状態のまま、ゲートの向こうの父親に向かい合う。

「お父さん、わたしは、富田とつきあいたい。遠距離恋愛になってしまうけど、手紙や電話で連絡をとりながら、やってみたい。」

そして、鯖谷さんは高らかにそう宣言した。鯖谷さんのお父さんは絶句し、口をパクパクと開け閉めする。それから、必死な感じで声をふりしぼった。

「そんなこと、認めるわけがないだろう！」

「あなたっ！　こんなところでいいかげんにして、みっともない。……貴美、あなたの気持ちはわかったから、とにかく早くこっちに来なさい。飛行機に乗りおくれてしまうわ。」

鯖谷さんのお母さんがそう言って手まねきし、鯖谷さんはうなずいた。そして、富田くんのほうにもう一度向きなおる。

「それじゃあ。向こうについたら連絡する。」

「ん。気をつけてけよ！」

「ああ。富田も、帰りは電車か？　気をつけて……。」

そこで、鯖谷さんがふとなにかに気づいたように顔をあげて、こちらを見た。鯖谷さんの口が、「きみたち……。」と動いて、どうやらわたしたちの存在がばれてしまったと知る。

「そうか、協力してくれたみんなというのは。」

鯖谷さんははにかむように笑うと、こちらに向かって手をふった。

だからわたしも手をふりかえすと、横にいた人たちも、すすすっと手をあげたのが見えた。

それで気がついた。いつのまにか、猪上と久留米さんが、追いついてきてわたしのとなりに並んでいたんだってこと。それに。

「嶋村くんも!?　間に合ったんだ！」

「……おー。ぎりぎり、たった今、な。肝心なとこは、全然見られなかったぜ。」

嶋村くんはそう言って肩をすくめていたけど、表情は満足そうだった。今のふたりの様子を見れば、途中のやりとりを見なくても、うまくいったってことはわかるもんね。

鯖谷さんはゲートを通過したとたんに、待ちかまえていたお父さんにつかまっていたけれど、どこかふっきれたように笑いながら、なにかを言っていた。

これから、おそろしく白熱した家族会議になるのかもしれないけど……、鯖谷さんはきっと、負けずにご両親とわたり合うんじゃないかな？　わたしは、そんなふうに思った。

「ああ、走ったからのどかわいたぜ。どっかに自販機とか売店とかねーかな。なんかのもうぜ。ファンタとか。」

嶋村くんが、シャツの胸元をつまんでパタパタやりながらつぶやく。それを聞いて、猪上がぱちんと指をならした。

「それがいいね！　ナイス意見だ嶋村くん！」

「そうだね。わたしものみたい。ファンタ。」

「亜里沙も亜里沙もぉ！」

わたしたちがにわかにもりあがると、富田くんが「あ！　オレものむのむ！」と手をあげて入ってきた。

「ファンタ　オレンジってさぁ、うまいよね！　オレ、あれ神ののみ物だと思っててさぁ。」

そして、そんなことを言ってきた。

わたしたちは一瞬全員で顔を見合わせ、ほとんど同時に首をふる。

「わかってないな……。」

「うふっ、この場合、オレンジとかありえないのにね～♡　ルイルイ♡」

「んー……。オレンジもおいしいんだけどね。今したいのは、祝杯だからね！」

「いいから富田、おまえもだまってグレープをのめばいいんだよ！」

嶋村くんに首根っこをつかまれて、富田くんが「ひょえー！」とさけぶ。

「なんで!?　みんなそんなグレープ推しなの!?　オレンジのがうまいじゃん！」

富田くんの疑問には答えずに、わたしたちは自販機のあるロビーに向かって歩きだした。

12 その後の話

なんだか、今日の午後は蒸すな〜。

わたしは指導室の窓を開けはなって、下敷きで顔をあおぎながら外を見おろしていた。

ギャハハハハッと、けたたましい笑い声とともに、バカさわぎをする男子の一団が校門のほうに向かって歩いていく。そのなかには、富田くんの姿があった。

「はー、すっかり、もとのお調子者にもどってるね。」

わたしがあきれながらつぶやくと、後ろから猪上が「それでも、おとなしくすべき場面では、おとなしいそうだよ。彼もきっと、少しずつ大人になっているのさ。」と、どこで聞いたのか、二組の情報を教えてくれる。

まあ、そりゃあ、人は生きていれば、だれしも少しずつ年をとっていくからね。

ちなみに、このまえ鯖谷さんがわたしに電話をくれて、ふたりは今後、パソコンの音声通話やメールでやりとりをするつもりだと教えてくれた。

といっても、ふたりとも家族の共有パソコンしか持っていないから、なかなかひんぱんにはつかえないかもと言っていたけど……。でも、受験のことがある鯖谷さんにとっては、それくらいの制限のある環境のほうがいいかもね。それに、無事に志望校に合格したら、携帯電話を買ってもらえる約束らしい。

今は、そういう便利なツールがあるから、遠距離でもなんとかうまくやっていけそうだよね。もっとも、じっさいに会えるにこしたことはないんだろうけど、毎日顔をあわせていたって、ほとんど進展のない人たちもいるしね。

そう思ったのは、長机のはしっこで、なにやらだらしのない顔で、交換ノートをながめている嶋村くんが目に入っているからだったりする。

「……ねえ、嶋村くん、ここで読むのやめなよ。家に帰ってからにしなよ。」

正直、見苦しいんだよね。

わたしがため息をつきながら言うと、嶋村くんがノートから顔をあげて、威嚇するように言ってきた。

「っせーなぁ！　いいじゃねーかよ！　今朝受けとってから、読みてーのずっとがまんしてたんだからよ！」

「べつにいいけど……。でも、よくそんな内容でにやついていられるよね……。」

わたしも参加しているから知ってるけど、この交換ノートは、ほとんどただの日誌みたいな感じだ。それぞれが簡単に、その日の出来事を書いているだけ。いちおう、読んだふたりはそれぞれコメントみたいなものもつけているけどね。

「ていうかさ、嶋村くん。木南さんのやつとわたしのやつにつけるコメント、差がありすぎだからね！」

いい機会なので、わたしはずっと思っていた苦情も言っておくことにした。

もちろん、ある程度温度差があるのはしょうがないと思うよ。わたしだって、べつに嶋村くんから心温まるコメントをもらいたいなんて思ってはいない。けれど、木南さんのページには、ちまちました字でいろいろ書いてるのに、わたしのページには「見た。」とらんぼうな字で殴り書きしてあるだけなのは、ちょっとひどすぎる。

このまえなんか、あきらかにペンのため し書きみたいな、ぐるぐるしたもようだけだったしね！

「んなの、しかたねーだろ！　結城おめー、いつもその日の夕飯なに食ったとか、そんなことしか書いてねーじゃん。おれは、結城がふだんなにを食ってるかなんて、一ミクロンも興味ねーし！」

「ああそう！　そりゃ、すいませんでしたねっ。」

わたしがなげやりにあやまっていると、猪上が「まぁまぁ！」と取りなしてきた。

「おれは知りたいな！　美琴がふだんどんなものを食べているのか。どんなものが好きなのか。よかったら、このおれに教えてごらん？」

そして、まるで相談者にせっするような態度でたずねてくる。いや、べつにわたしは、嶋村くんの態度に傷ついているわけでもなんでもないんだけどさ。

「べつに、たいしたもの食べてないよ。昨日なんか、コンビニのお弁当だったたし。」

「えっ、そうなのかい？　美琴。」

「うん。うちの両親、忙しいから。たまにね。でも、コンビニのお弁当って、いろいろ種類もあるしけっこうおいしいんだよ。」

わたしは、コンビニのお弁当を買うときは、近所の三店舗を、その時の気分でつかい分けている。

和食系だったらここ、とか、パスタならこっち、とか、店によっておいしい種類もちがうしね。

「えー、亜里沙、コンビニのお弁当って一度も食べたことなーい。」

そこで、美顔器のローラーをほおにコロコロしながら、久留米さんが口を開いた。

「亜里沙の親も忙しいからぁ、外食になることは多いけどね～。お寿司屋さんとか、フレンチのお店とかぁ～。」

「え、それってもしかして……クルクルまわるお寿司とか、ファミレスじゃないやつ？」

「あたりまえでしょぉ。あ、でもー、お家でもたまにママがご飯作るよ♡　おさしみとか～、ローストビーフ切ったりとか～。」

「それ作ってるっていうのかな……。」

規格外の金持ちめ。わたしは、ついつい半目になる。

「すげー。いいな久留米の家は。うちの飯なんて、くそ地味でつまんねーよ。野菜の煮ものとか、魚の焼いたのとか、漬物とか……全体的に茶色か緑っぽいんだよな。味はまずくねーけど……。おふくろの作るマフィンとかも、なんか野菜とか入ってるし。」

嶋村くんがうらやましそうに言ったけど、それ、そうとうヘルシーでおいしそうだよね！ なんというか、不良にあるまじき健康的食生活って感じだよ！

「ねー、ルイルイはふだんなにを食べてるの？ ルイルイの好きな食べ物とか、亜里沙知りたいなっ。」

久留米さんが嶋村くんの家の食事にはノーコメントで、猪上にたずねた。

だけどそれは想像つくから、猪上が口をひらくまえに、わたしが答える。

「そりゃ、ハエとかでしょ。」

「はっはっは！ なにを言ってるんだよ美琴！ 人間はハエなんか食べないだろ☆」

「あれ？ カエルって肉食じゃなかったっけ。それじゃ葉っぱとか花とか？」

「んー、もちろんおれは、野菜もおいしくいただくよ！ 花もときには食べるしねっ。」

菜の花のおひたしは、好物のひとつさ！ と猪上がウインクもどきをしてくる。菜の花を食むカエルか……風流だねぇ。（もう夏だけど。）

わたしがしみじみ思っていると、猪上はさらに続けた。

「それに、おれは料理がけっこう得意なのでね！　よく、オムライスなんかを作って、家族にふるまっているよ。ケチャップで母さんや父さんの名前を書いて、おいしくなる魔法をかけるんだ☆『おいしくな～れ。ルイルイルーイ！』ってね！」

「え、なにそれキモイ。」

「やーん、すてき～♡　今度亜里沙にも作って～。それでケチャップで『愛しのアリンへ』って書いて～♡」

久留米さんはまた頭がわいたようなことを言っている。

わたしはいつものようにスルーして、また窓の外に視線をうつした。あ～、顔が焼ける～。暑いな～。

そのときだ。

パタパタ……と、ろうかから足音が近づいてくる。小さな足音が聞こえてきた。そして、コンコン、ととびらをたたく小さな音。

「……新しい相談者かな。」

「おっと！　だれかな？　つぎにおれたちに救いをもとめる子羊は！」

そう言いながら、軽やかな足取りでとびらに向かっていく。

「あ、ルイルイ♡　つぎは亜里沙が出迎えてあげるぅ。」

「やれやれ。しょーがねーな。みんなおれらにたよりたいのかよ……。」

かと思えば、久留米さんと嶋村くんも、どことなくうれしそうな足取りでとびらに向かった。

なんだか、みんなみょうにやる気になってない？

まあ……気持ちはなんとなく、わからないでもないけどさ。

わたしも窓ぎわでのびをひとつすると、みんなに続いてとびらに向かった。

本日の反省会 ～おれの名は。～

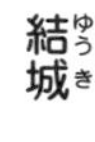

6年3組 生活向上委員 結城美琴

6年3組 生活向上委員 久留米亜里沙

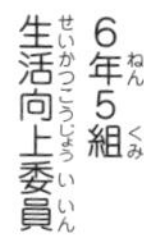
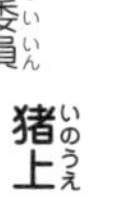

6年5組 生活向上委員 猪上琉偉

6年1組 生活向上委員 嶋村

美琴　なんだか、やる気が継続してる気がするなあ。よーし、これからもじゃんじゃん相談受けていくわよ！

猪上　おっ、美琴、すばらしい意気込みだね！　おれも負けていられないなっ。

亜里沙　えへへ、亜里沙も亜里沙もぉ。がんばっちゃうぞ～！

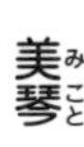

嶋村　おれもやるぜ！　……って、言いたいところなんだけどよ、ちょっと気になることがあってさ……。今日はおれの相談にのってくんねーか？

美琴　え？　なに？　また木南さんとのこと？

嶋村　ち、ちっげーよ！　木南とのことは、今回ぶっちゃけかなり進展したし？　しばらくはゆっくり、おれたちのペースでやっていきたいって思ってんだよ……。（デレデレ）って、そうじゃなく、おれの相談はずばり、おれの名前のことなんだけどよ！

亜里沙　あ、美琴、そこの雑誌とって～。

美琴　もー、自分でとればいいじゃん。って、なにこのパンケーキ特集……。めちゃくちゃおいしそう！　とくにこれ！

亜里沙　えー、どれぇ？　あっ、このお店なら行ったことあるよ～。生地がスフレみたいにふわっふわでね～、口に入れるととけちゃうの～。

嶋村　おい。

美琴　げっ、なにそれ……食べてみたい！　いいな～。

猪上　どれどれ。おっ、ほんとうにおいしそうだね！　そうだ、こんどみんなで材料をもちよって、パンケーキパーティなんかをするのはどうだい？　きっととても楽しいと思うよ！

亜里沙　あっ、それいいー♡

嶋村　おい！　おいってば！　聞こえないふりはやめろ！　おーい！

美琴　あー！　もー、うっさいなぁ！　嶋村くんの名前がどうしたってのよっ。

嶋村　やっぱ聞こえてんじゃねーか！　いやさ、おまえらだって、今回の本を読んで、おかしいと思わなかったかよ!?　人物紹介んとこ、おれだけずっと「嶋村」だしよっ。本文でも、おまえ……おれの名前どうでもいいっつってスルーしたろ！

美琴　は……？　本？　人物紹介？　本文？　あんた、なに言ってんの？

亜里沙　亜里沙も意味わかんな〜い。嶋村くん、起きたまま眠っちゃってるんじゃないの？

猪上　うーん……嶋村くん。気持ちはわからなくもないが、いくら「楽屋裏的なあとがき」といえども、ちょっとそういう発言はどうかと思うよ。さ、わかったら、お

口にチャックしようか☆

嶋村 んんんーっ！　って、おれの口を指でつまんでくんのやめろ！　つか、そういうことはわかったうえで言ってんだよおれは！　だって、おれの名前だけないんだぞ！　こんなのいつまでもだまってられっかよ！

美琴 え？　そうだっけ？　名前が出てないのって、嶋村くんだけだっけ？

亜里沙 ううん、いるよー。ほら、今回出てきた、富田くんも苗字だけ。

美琴 なんだー、ほかにもいるんじゃん。嶋村くんはおおげさなんだから……。

嶋村 いやいや！　でもあいつはいわゆる「脇役」だろっ？　おれはメインキャラなのに、おかしいじゃねーかっ。

猪上 ……むっ。なぜかいま、脳内に不思議な声が聞こえてきたぞ。なになに……『富田くんの名前は、のりお。則夫、だよ。』だ、そうだ！

美琴 へー、則夫ね。そうだったんだ。富田くんってノリだけはよかったもんね。

亜里沙 ていうかー、なんかいま考えたっぽくない？

嶋村 ちょっ……なんで富田のヤローだけ！　猪上、おれのは？　その声、おれのこと

猪上　はなんつってる？

嶋村　ええと……ちょっとまっててておくれよ。なになに……こんどは、さっきの声だけじゃなく、ふたりの声が聞こえてきているんだ。

猪上　ふたりの声……？　なんだよそれ、どういうことだよ。そしてだれなんだよ！　わからない。でも、とにかくふたりとも女性の声だ。むむっ、しかも、こんどは脳内に映像までながれてきたぞ。水色の装丁の本や、書類がたくさんあるひろいオフィスの一角で、ふたりの女性がこんな会話をしている……。

『はい！　じゃあ、今回の打ち合わせはここまでにしましょう。伊藤さん、お疲れさまでした～。』

『お疲れさまでした～。担当KIさん。』

『ふ～。……あれ？　ちょっとまってください。そういえば、聞き忘れてたんですけど、嶋村くんの下の名前ってまだ出てないですよね。』

『あ、そういえばそうですね。ちょっと考えてなかったんですけど……。名前、必要ですかね？』

『うーん……。必要かって聞かれると……べつにいいかな（笑）。』
『じゃあ、このままでいいですかね（笑）。』
……とのことだよ！

嶋村　はアアア⁉　んだそれっ！　必要に決まってんだろ！　このままでいいわけねーだろクソがあぁー！

美琴　あああ、さけばないでよ！　うるさいなぁっ！　そんなに言うなら、嶋村くんがここで勝手に自分の名前を発表したらいいじゃないよ。自分の名前は、自分が一番よく知ってるでしょ？　まさか知らないなんて言わないよねっ？

嶋村　はっ！　そうだな。そのとおりだぜ結城！　よし、それじゃもう自分で発表すんぜ。いいか、みんな耳の穴かっぽじってよーく聞けよ。おれの名は嶋村「**ガランガラングワッシャーン！**」

亜里沙　きゃーっ、棚のうえにあったブリキのバケツがいきなり落っこちてきたぁ！
嶋村　な、なんだよ地震か⁉　そ、それはそうと、おれの名はだな、「**ウウウウウ**

〜！　ピーポーピーポー。。。。。。。」

美琴・猪上・嶋村

消防車と救急車？　近くでなにかあったのかな。

だとしたら大変だね。様子を見に行ってみるかい？

おっ……それは行くべきだな……って、ちがうちがう！　だまされるなおれ！

ここでうやむやにしたら、おれはずっと「名無し」のままだ！　いいか、おれの名は……

「石焼〜きイモ〜♪　おイモ♪　え〜、現在試食販売キャンペーン中です。小学生にかぎり、先着十名さまに、小イモをさしあげますよ〜。」

美琴　えっ、わたしああいう石焼きイモって、一度でいいから食べてみたいと思ってたんだよね……！　ちょっと行ってくる。「ガタッ。」

猪上　ふっ、奇遇だね美琴。じつはおれもなんだ！　こんなチャンスはなかなかないね！

亜里沙　あっ、ルイルイが行くなら亜里沙も行くー！

嶋村　ちょっ、ちょっと待てよ！　まだおれの名前言ってねーのにっ。つか、いまの時期に石焼きイモっておかしくねーか!?

美琴　……ほら〜！　嶋村くんも早くこないとなくなるよー……！（すでに遠くのほうから聞こえる声。）

嶋村　ああ、くそっ、く……お、おれはイモになんてだまされねーぞ。こんなあからさまな陰謀に負けてたまっか……！

……。

…………。

チックショオォー！（イモに向かって全力ダッシュ。）

『生活向上委員会！』の4巻は2017年の
春ごろに発売予定です。お楽しみに！

＊著者紹介

伊藤(いとう)クミコ

千葉県出身。おとめ座のO型。『ハラヒレフラガール！』で青い鳥文庫デビュー。代表作は「おしゃれ怪盗クリスタル」シリーズ（全5巻）。文章を読むのも、書くのも大好きな「活字愛好家♡」。本やまんがは1日1冊のペースで読み、雑誌も月に4〜5冊購入。部屋中を本だらけにしたいという夢を持つ。（日々、夢に近づいています。）

＊画家紹介

桜倉(さくら)メグ

やぎ座のB型。第48回なかよし新人漫画賞で佳作を受賞し、デビュー。代表作は『170cm★オトメチカ』。

この作品は書き下ろしです。

講談社　青い鳥文庫　　292-9

生活向上委員会！③
女子vs.男子　教室ウォーズ
伊藤クミコ

2017年1月15日　第1刷発行

（定価はカバーに表示してあります。）
発行者　清水保雅
発行所　株式会社講談社
東京都文京区音羽2-12-21　郵便番号112-8001
電話　編集（03）5395-3536
販売（03）5395-3625
業務（03）5395-3615

N.D.C.913　236p　18cm
装　丁　小林朋子
久住和代
印　刷　図書印刷株式会社
製　本　図書印刷株式会社
本文データ制作　講談社デジタル製作

Printed in Japan
（落丁本・乱丁本は、購入書店名を明記のうえ、小社業務あてにお送りください。送料小社負担にておとりかえします。）
■この本についてのお問い合わせは、青い鳥文庫編集まで、ご連絡ください。

ISBN978-4-06-285604-1

わたしたちを描いてくれている
桜倉メグ先生の「まんが版KZ」を
ご紹介します！
美琴
（「生活向上委員会！」
シリーズ）
おれみたいに
外見も心も美しい
男子が大活躍だ!!
琉偉
（「生活向上委員会！」
シリーズ）
青い鳥文庫で
大人気の
「探偵チームKZ」が
まんがに！

「講談社　青い鳥文庫」刊行のことば

太陽と水と土のめぐみをうけて、葉をしげらせ、花をさかせ、実をむすんでいる森。小鳥や、けものや、こん虫たちが、春・夏・秋・冬の生活のリズムに合わせてくらしている森。森には、かぎりない自然の力と、いのちのかがやきがあります。

本の世界も森と同じです。そこには、人間の理想や知恵、夢や楽しさがいっぱいつまっています。

本の森をおとずれると、チルチルとミチルが「青い鳥」を追い求めた旅で、さまざまな体験を得たように、みなさんも思いがけないすばらしい世界にめぐりあえて、心をゆたかにするにちがいありません。

「講談社　青い鳥文庫」は、七十年の歴史を持つ講談社が、一人でも多くの人のために、すぐれた作品をよりすぐり、安い定価でおおくりする本の森です。その一さつ一さつが、みなさんにとって、青い鳥であることをいのって出版していきます。この森が美しいみどりの葉をしげらせ、あざやかな花を開き、明日をになうみなさんの心のふるさととして、大きく育つよう、応援を願っています。

昭和五十五年十一月

講　談　社